日本人の宿題
歴史探偵、平和を謳う

半藤一利 Hando Kazutoshi
保阪正康［解説］ Hosaka Masayasu

NHK出版新書
668

はじめに――「歴史探偵」が遺した宿題

編集部

二〇二一年一月十二日、ベストセラー「昭和史」シリーズをはじめ、「昭和史の語り部」として、数多くの戦争関連書籍を著してきた作家の半藤一利さんが、九十歳で亡くなりました。

本書は、一周忌を迎えるにあたり、半藤さんが現代の日本人に伝えようとした「大切なこと」を、二〇〇五年から二〇一八年までに出演した「NHKラジオ深夜便」と「NHKマイあさラジオ」の「語り」をもとに再構成するものです。

半藤さんのメッセージは「戦争というものは、本当に人間がやってはならない一番最大の悪である」という一点にあり、ともすれば「当たり前じゃないか」と感じられるかもしれません。

しかし、そのシンプルなメッセージが、それぞれの著作を執筆する背景や動機、さらには自分の戦争体験とともに、あの独特な江戸っ子口調で語られるとき、非常に重く、極めて大事なものとして、わたしたちの心に響いてきます。

　本書は、戦時中の少年期から戦後の青年期、文藝春秋の編集者時代、そして作家時代と、激動期を生きた半藤一利さんの一代記として貴重な記録ですが、それだけではありません。半藤さんが語る歴史観や著作物について、「盟友」の保阪正康さんによる評価・解説が加わることで、一人の日本人の私史が日本人全体の昭和史へと昇華していくところにもう一つの価値があると言えます。

「昭和史を知ることとは、わたしたち日本人とは何者かを知ることです」。戦争を起こさないために何をすべきか。「歴史探偵」半藤一利が、令和を生きるわたしたちに遺した宿題です。

日本人の宿題——歴史探偵、平和を謳う　目次

一、勝ったという経験は、人間を反省させないし、利口にもしません

（ラジオ深夜便「戦後60年の日本人によせて」２００５年１月１日）

「これはちょっと由々しきことだ」

――今年（二〇〇五年）で戦後六十年が経ちました。大作『昭和史』（『昭和史 1926－1945』平凡社、二〇〇四年。のち平凡社ライブラリー）を書こうと思われた理由が何かおありだったのでしょうか。

半藤　これまで、たとえばノモンハン事件[*1]（『ノモンハンの夏』）とか『「真珠湾」の日』とか、いくつか、昭和史に関するものを部分部分では書いてきたんですね。ところが、昭和史を通史として本気で書こうとすると、人物はいろんな人が出てきますし、事件は錯綜《さくそう》し、因果関係が微妙に混み合ってねじり合ってきますので、これはなかなか、パッとあっさり書くのは難しい。前からいっぺんやらなきゃいけないとは思っていたんですけれど、なかなか気分が乗ってこなかったんです。ところが、十年前（一九九五年）くらいに、ある女子大の講師を頼まれまして。

――何を教えていらっしゃったんですか。

半藤　ジャーナリズムです。そのとき学生さんに、「僕も君たちに、ない知恵を出して教えるんだから、君たちの知恵も少し貸してくれ。アンケートをときどき出すから、それに答えてくれないか」と言ったら、「いいですよ」ということになりまして、授業の終わりに、アンケートを毎回出したんです。

たとえば「いままで読んだことのある長編小説は何か」といった、ごく当たり前のやつも出しました。そこでいっぺん、昭和史関係のアンケートをつくりまして、五十人の学生さんに出したんです。「五十年前から六十年前、日本と戦争をしたことのない国を、次の五つの中から選んでください」という質問を出したんですよ。十年前の五十年から六十年前ですから、わたしの目論見から言えば昭和十年（一九三五年）から二十年（一九四五年）ぐらいです。

アメリカ、豪州（オーストラリア）、ソ連（旧ソ連）、それから、ドイツ、フランスと、五つ挙げたんです。そうしましたらね、アメリカに丸を付ける人が何人かいるんです。「アメリカと戦争したことがない」というのは、これはびっくりしましてね。正解はもちろんドイツですけれど、ドイツは五十人のうち五人ぐらいしかいませんでした。多かったのは豪州です。オーストラリアと戦争したことがないと思った人が多いんですね。

わたしはその結果を見まして、「これはちょっと由々しきことだ」と。将来この人たちはお母さんになって、子どもたちになんにも教えられないんじゃないか、下手すると間違ったことを教えちゃうんじゃないかと思いましてね。以来、ずっと気にしていたんです。

そうしましたら、去年(二〇〇四年)でしたか、三十代後半の女性の編集者が、わたしが教えていた学生さんよりも世代は上ですけれど、その編集者の人が「わたしたちは、中学、高校、大学を通して、歴史を習ったといえば習っているけれど、おおよそ日本の近代史、とくに昭和史などというものは、一回も習ったことがない」と。「歴史の授業はあるけれど、明治維新が終わったあたりで、ほとんど時間切れになってしまって、以後は自分で勉強しろ、読んでおけという程度なので、これを何とか、わたしたちにわかりやすく教えてくれませんか」と言うんです。

でも、「そう簡単に言うけれど、そんなにたやすく教えられるもんじゃない」と。だから、「駄目だ」と言って断っていたんですが、この彼女がしつこいんですね。会うたびにそれを言うんです。そうしたらそこに加勢が二人入っちゃいまして、「わたしたちも聞きたいから、入れてくれ」と言う。

これがみんな、戦後生まれの若い人たちなんです。そこに一人だけ、戦前生まれの女性が入ったんですが、この四人の力が強くて、だんだん押しまくられてきまして、あるとき、「それじゃあ、試しにやってみるか」と。「どうしても駄目なら途中でやめるぞ」というようなことで始めてみた。昭和史をしゃべってみようということになったんですね。

機会を与えれば歴史に興味を持つ

――書いたのではなくて、お話をなさったと。

半藤　そうです。四人の生徒を前にして、「では、昭和史の一席を」なんて調子で始めたんですね。ですから、わたしのほうは真面目《まじめ》な堂々たる昭和史を書くとか、そういうことではなくて、一席、バカ話を含めて語ってみようかということだったんです。

ところが、語りだすと、そうバカ話はできないんですね。やっぱり、きちっとしたところはきちっと話さないと誤解を招く。それで、二回目、三回目ぐらいからは真面目な話にならざるを得なくなってきたんですね。

――どういう話をしてあげようと考えたのですか。

半藤　簡単に言うと、歴史というのは、政治史の面で見るとか、あるいは経済史の面で見るとか、いろんな見方があるんですね。わたしはどちらかというと専門が軍事史なんですけれども、あんまり軍事、軍事でやっていると、本当の意味の昭和史の全面は見えませんので、できるだけ、わたしたち民衆が、国民が、どういうつもりで昭和を生きたかというようなことを基本に置いて話してみようと思ったんです。

わたしが昭和五年（一九三〇年）生まれなんですが、自分の体験も少しずつ入れながら、昭和という時代の日本人が何を考え、また、何を目指し、どういうふうに生きてきたかということを中心に話してみようかなと思ったんですね。
　なかなか、これがうまくいかないんですけれども、あんまり政治なら政治に偏《かたよ》ったりせずに、まんべんなく日を広げてやれたのかなというところもいくらかありましたね。

――受講生は、三人が、三十代、四十代の女性だそうですが、本を読んでいる方の中には、四十代、五十代、六十代の男性もけっこういらっしゃるみたいですね。

半藤　それがですね、この本が出てから、読者カードとか、あるいはお手紙をたくさんいただくのですが、四十代、五十代、六十代、わたしと同じ七十代の方も読んでいるようですね。ということは、皆さん、とくにお年寄りの場合は自分の生きた時代でもありますから、部分的には、過去において読んだり、聞いたり、見たりしているんですね。ところがそれが繋がって、通史としてずっと関連したものとして昭和を俯瞰《ふかん》すると言いますか、たどった人はあんまりいないんです。

――そういう本自体もなかったですよね。

半藤　たしかに、あんまりなかったですね。そういう意味では、よくまあ、図々《ずうずう》しくやったもんだと、いくらか恐縮しているんですけれども。

——読者カードなどをご覧になって、「あ、こういう人も読んでいるんだ」というお気持ちになったのですね。

半藤　それは思いました。歴史というのは、皆さん一人一人が自分たちの歴史を持っていますし、わたしの見方とはちょっと違う人も中にはいらっしゃいますので、そういう人から叱られたりしながら教えを受けたりしていますね。

——先ほどの話にちょっと戻りますと、若い学生さんも、戦争のことや昭和の前半を知らないということではあったのですが、一方で、ドイツのヒトラーのことなどはけっこう知っていたりするのですね。

半藤　先ほどの大学生のアンケートで、ヒトラーについて質問してみたんですよ。わたしはおそらく、「日本と戦争をしたことのない国」の質問をしたときと同じぐらいにできないだろうと思っていた。ところが、五十人のうち四十五人ぐらいはできているんです。できているというか、ナチス・ドイツ[*2]を率いた独裁者、第二次世界大戦を引き起こした人、それから、アウシュヴィッツ[*3]などでユダヤ人を虐殺した人、最後は自決した人と、そういう勘所《かんどころ》は押さえてちゃんと知っているんですね。日独伊三国同盟[*4]を結んだときのドイツの総統とか、いろいろ押さえている。けっこうできるんですよ。「へえ」と思いましてね。その学生さん三、四人と雑談する機会があったときに、「そういえば、君たち、ヒトラーはみんなよくできていたね。感心したんだよ。なんで知っているの？」と聞いたんです。そうしたら、「だって先生、わたしたち漫画や映画で観ていますもん」と言うんですね。「何を観たの？」と聞いたら、『シンドラーのリスト』という映画がありましたね。それから『アンネの日記』です。それと、手塚治虫《おさむ》さんの『アドルフに告ぐ』という長編漫画。この三つなんですね。この三つから、知識と情報とを得ていて、ヒトラーに関する認識は比較的あるんです。

わたしはそのとき、「ああそうか、こういうものでもいいから接すると、みんなやっぱりちゃんと読んで、覚えて、認識をして、ヒトラーが素晴らしい英雄だなどとは思わないで、正しい判断をしてくれるんだな」ということを実感しましてね。だから、そういうことなら、機会さえ与えてあげれば、いまの若い人だって歴史に興味を持つに違いないと思いまして、それが根底にありました。

ですから、一概に、「お前たちは何もわからん」などと言わないで、少しはこちらから手を差し伸べて、ある一つのものの見方として知識を与えてあげれば、彼女たちだってみんな、歴史に興味を持つんじゃないかと。つまり、日本というものがどうして戦争に突っ込んでいったかということに対して、もう少しきちんとした認識を持つんじゃないかと思ったんですね。

――彼女たちにすれば、自分の父親やおじいさんの頃の話ですものね。

半藤　ですから、「お父さんやお母さん、おばあさんやおじいさんにこういう話を聞いたことはないの？」と尋ねると、若干《じゃっかん》は聞いているんですね。ただそれは、ごくごく狭い範囲の話になってしまって、「通史」というかたちではとてもできませんから。

　ですから、機会さえ与えてあげれば、いまの若い人たちだってけっこうおもしろがって読むんじゃないかなと思いましたけどね。

――まさに、『昭和史』はそういうねらいがピッタリ当たっているというところもあると思うのですが。

半藤　そううまくいったかどうかわかりませんが、でも、幸い、若い人も読んでくれているようです。

「勝利病」のまま突き進んだ日本

――半藤さんは、賞をお獲《と》りになった『ノモンハンの夏』（文藝春秋、一九九八年。のち文春文庫）とか、昭和の戦争を素材にしたものをお書きになっています。そのあたりはどうしてなのですか。

半藤　わたしは、実はある出版社（文藝春秋）に入りまして、最初に担当した作家が、戦後すぐベストセラーになった『連合艦隊の最後』という本をお書きになった伊藤正徳《まさのり》[*5]さんという、元新聞記者の方でした。

まだ昭和三十年代の初めの頃は、戦争を体験した、ないしは戦争を主導した人とか、たくさんの方が生きていましたから、その方の取材と言いますか、談話を、伊藤さんの紹介状を持って訪ねまして、伊藤さんの代わりに話を聞くんですね。

昭和三十年代頃ですから、まだ戦後十年です。戦争がいかに日本人をひどい目に遭《あ》わせたかという思いがどの方にもありますから、なかなか話さないけれども、話してくれる人もいるんです。

――生《なま》の証言を得られたのですね。

半藤　ええ、生の証言を得ましてね。たとえばレイテ沖海戦における栗田艦隊[*6]は謎の反転をしたなどという話がありますよね。栗田健男《たけお》という中将ですが、まだ生きていらっしゃいましたから、「あのとき、どういう状況で、どういう気持ちで、どういう情報を得て、あのような判断をされたのか」と聞くわけですね。

　そういうかたちで、ずいぶんたくさんの人にお話を伺いましたが、全然お話にならない方もいました。ひと言もしゃべらない人がいましたね。ほかのことはいくらでもしゃべってくれるんですよ。たとえば小沢治三郎《じさぶろう》*7という、最後の連合艦隊長官ですけれども、この方なんかは、つまらない話はいくらでもしてくれましたが、本当にしゃべらなかったですね。

　そういう経験をたくさんやってきましたので、それで伊藤さんが、「君、このままこの勉強を続けていきたまえ。大事なことなんだから」とおっしゃってくれて。それでわたしは「そうか」と思いまして、そのまま。

――ライフワークになったのですね。

半藤　ライフワーク。じゃあ一生かけてやるか、というのでやりだしたんですね。

――そういうふうに、いわゆる戦争物を取材して書いていくということによって、たとえば、その前の大正とか明治が見えてくるとか、そういうことはありませんか。

半藤　逆に、昭和というものをやっていきますと、どんどん遡っていかないとわからない部分が出てくるんですね。

――その前がどうであったからこうなるのだという縦《たて》の関係ですね。

半藤　縦の関係です。司馬遼太郎さんが言うように、昭和という時代は全然異質の時代だ、あそこだけ違う時代だからいいんだ、というわけにはいかないんですね。これは歴史ですから、ずっと繋がってきているわけです。

たとえば、「統帥《とうすい》権*8」ということを司馬さんがさかんにおっしゃいましたね。統帥権というものが魔法の杖《つえ》のように振り回されて、昭和という時代は戦争に突入していったというようなことを言われるんですが、統帥権そのものを一つ考えても、いったい、統帥権とは、どうやってできてきて、そしてそれがなぜ魔法の杖になってしまったのかということを、ちょっと勉強しないといけないんですね。

勉強しだしますと、どんどん時代が上がっていって、大正まで行ってもまだ間に合わなくて、さらに上がって、とうとう明治に入って、明治もどんどん先に行っちゃいまして、ついに、明治十年（一八七七年）の西南《せいなん》戦争*9の直後ぐらいに、統帥権が生まれてくるということがわかってくる。

だから、そこまで行かないとわからない。結局のところ、日本の近代史全部をカバーしないと、昭和史だけではわからないところがどんどん出てくるんですね。

——そうして、大正、明治と遡ってみて、また昭和を見てみると、昭和というのはどういう存在だったのですか。

半藤　これがまあ非常におもしろい。たとえば、わたしの『昭和史』の中によく登場してくる永野修身《おさみ》[*10]という軍令部総長とか、山本五十六《いそろく》[*11]連合艦隊司令長官とか、あるいは杉山元[*12]という参謀総長とか、太平洋戦争直前の日本の軍のトップに立った人たちですが、この人たちは明治の時代に何をしたのかというと、探せばすぐに出てくるんですが、どの方も、明治三十七〜三十八年（一九〇四〜〇五年）の日露戦争[*13]の頃に、「新品」の中尉、ないしは少尉として出ているんですよ。下級将校ですね。

——そうですよね。昭和の初めから振り返ると、明治のその頃というのは、そんな遠くではなく、ちょっと前なわけですね。

半藤　少し前なんですよ。わたしたちから見ると明治はずいぶん遠くに見えますけれど、そんなことはないんです。ですから、あの時代の、つまり、日露戦争に勝ったという時代の栄光を持った人たちが、まさに昭和史の、太平洋戦争直前の頃の日本軍の頭領《とうりょう》なわけで、彼らはみんな、自信満々なんです。

　ですから、永野修身なんて方は、太平洋戦争を始めるとき、どう考えたってアメリカを相手に勝てないんじゃないかというときに、「でも、やってみなければわからん」と言う。そして、真珠湾《しんじゅわん》攻撃[*14]で大成功したら、「どうだ、見ろ、戦争というのはこういうもんだよ、君」と実に楽天的なことを言うんです。

　この方はたしか、日露戦争のときには、旅順港《りょじゅんこう》攻略戦[*15]でものすごい銃砲を撃ったわけです、ドカンドカンと。あの銃砲を撃ったときの中隊長です。ですから、自分は旅順港を攻略した最高の殊勲《しゅくん》者だと思っていたんじゃないですか。

　それから、山本五十六という方は、巡洋艦日進《にっしん》という船に乗って、日本海大海戦[*16]でものすごく活躍しているんです。左手の二本の指を飛ばされて。そういう方がそろっているんですよ、ちゃんと。

――日露戦争の生き残りというと、何かお年を召しているような感じがしますが、バリバリなわけですね。

半藤　バリバリです。その下の人たちは日露戦争を知らないけれども、彼らは日露戦争のこの栄光だけは、自分たちのものとしているわけです。

――日本国中がそうだったのですね。

半藤　とくに軍部はそうだった。そういう人たちが、当たり前のことなんですけれど、ちゃんと存在しているわけです。ですから、そういう意味で、昭和をやっていると、明治をきちっと押さえておかないとわからないということがよくあるんですね。

――ところが、半藤さんのご本を拝見すると、日露戦争のときの感覚では昭和の戦争というのはできなかったということなのですね。

半藤　そうです。つまり、日露戦争のときは、小部隊というか、規模が小さいですよね。たとえば、連合艦隊司令部といっても、連合艦隊司令長官以下参謀たちの数を並べてみますと、約十数人です。ところが、太平洋戦争という膨大なる戦場に置かれた連合艦隊司令部を数えてみると、同じぐらいの人数なんですよ。

　それに若干飛行機が入ったり、通信が入ったり、潜水艦が入ったりしますので、参謀の数は増えていますけれども、規模としては、日露戦争の体験がものすごく生きていますから、「これで十分」と思っていたんじゃないですかね。

――本当は物差しを変えなければいけないのだけれど、昔のままの物差しを使って戦ったということですね。

半藤　そういうことです。物差しというのは一つのかたちですけれど、精神もそうなんですね。

――どういうことですか。

半藤　日本は旅順港の戦《いくさ》であれだけ白兵《はくへい》戦*17をやって、たくさんの人が亡くなったんですけれど、とにかく白兵戦に次ぐ白兵戦で、突撃戦法で勝ったわけです。あの攻撃精神、この精神で勝てるんだと。ロシアは機関銃を持っていたんですが、機関銃なんて、そんな近代兵器は屁《へ》でもない、結果的には勝てるんだという、白兵戦主義という一つの精神構造が日本陸軍の中にはガッチリと植え込まれたのです。

　ですから、日本の陸軍は、明治と同じ精神構造のままで、昭和の太平洋戦争に突入していく。その栄光というもの、わたしは「勝利病」と勝手に名付けていますが、勝利病というのはそのまんま治らない。勝ったという経験は、あまり人間を反省させないし、利口にもしないと思いますね。

　一番わかりやすいのは、ノモンハン事件です。ノモンハン事件というのは、モンゴルと旧満州（現・中国東北部）との国境線において、満州国による国境侵犯が紛争となって、モンゴルに味方するソ連との間の大戦争になってしまったんですが、この戦争では、ソ連の、格好は悪いけれども鉄板の厚い無骨な戦車と、日本の軽快なる、だけれども鉄板の薄い軽戦車とが衝突して、日本の戦車がかなりやられるわけです。国境を出たり、入ったりして戦闘を繰り返した結果、日本が相当の痛手を受けました。

昭和十四年（一九三九年）九月に終わったんですが、当然のことながら、それから研究が始まりまして、ノモンハン事件研究会というのができました。

——つまり、日本はメチャメチャにやられてしまったと。

半藤　ある程度やられたわけです。もちろん、ソ連もやられているんですが、日本は相当打撃を受けた。それをきちんと戦訓、教訓にするために、ちゃんとした研究をする。軍というのは昔からきちんとそういうことをやるんですね。

——言ってみれば報告書ですね。

半藤　報告書です。そこで何が出たかと言いますと、本当に驚くべきことなんですが、とにかく日本軍のこの戦は、日本軍の旺盛なる精神力と、ソ連軍の近代兵器との、正面からの激突であった、という認識なんです。

その結果何が起きたかというと、日本軍は旺盛なる精神力、強固なる精神力を存分に発揮した。したがって、これからも、その精神力をうんと強固にする必要があると。それで、あとで付け足したように、さらには近代兵器の向上というものを、これからは図らねばならないと、こういう結論なんです。

この「精神力で勝てる」というのは、日露戦争のときに日本軍が得た、本当に戦訓なんですね。それをそっくり引っ張ってきて、そのままソ連軍の大戦車軍にぶつけてみて、かなり打撃を受けたというのに、結論として、精神力が強かったから対等に戦えた。だから、精神力をもっと拡充強固にする必要があると。そして最後に一行だけ、「近代兵器を向上せしむるにあり」となるんですね。

旧陸軍の人にこれを見せて聞いてみたら、「この一行を書いただけでも、この研究会はなかなか思いきったことをやった」と。「たぶん、この一行はみんなに総スカンを食ったと思うけれど、でも、この一行を残したから、この研究会はまともに研究したということになるんだよ」と言われましたけどね。

そういうかたちなんですよ。この研究報告が出たのは昭和十四年（一九三九年）の春、太平洋戦争に突入したのは昭和十六年（一九四一年）の冬、十二月です。わずか一年半ぐらいですから、近代兵器の向上などできるわけがないですね。

ですから結局のところ、精神力だけで勝てるという、まさに日露戦争の栄光というものをそのまま信じきって太平洋戦争を戦った。あっさりと言ってしまえば、そういうことになるのではないかと思いますね。

――かたやソ連軍は、日露戦争で負けたから「これは何とかしなければ」ということで、反省に立って頑丈な戦車をつくっていた。

半藤　頑丈な戦車をつくった。最初の頃は、日本軍が火炎瓶をバンバンぶつけたんです。そうすると戦車が燃える。それが後半になると、うんと大きな網を戦車の外側に付けて、日本が火炎瓶を投げて当たっても跳ね返るようにした。彼らは見栄も外聞もない。ソ連軍は、そういう意味では、ものすごく反省したところがあるんじゃないでしょうかね。

――ますます兵器そのものが近代化して質が変わってくるわけでしょうけれども、そのあたりの研究が、日本では足りなかったと。

半藤　もちろん、研究はされていると思いますよ。されてはいたけれども、いろんな条件がありまして、それが成果として表れないんですね。

　たとえば、いまの戦車の話ですが、戦車というのは、鉄板の厚い、重戦車をつくればいいじゃないかということになりますが、重戦車というのは、仮に日本でつくっても、日本の鉄道は狭軌《きょうき》なんですよ。レールの幅が狭い。重戦車みたいな、五〇トンもある戦車は積めないんです。もう一つ言えば、港湾にある起重機《きじゅうき》で積もうとしても、重たい戦車を吊《つる》し上げられない。ですから、そんなでかい戦車をつくっても、どうにもならないわけです。自由に使えるような軽戦車、中戦車クラスが、せいぜい日本でつくれる戦車なんですね。

――一方、ソ連を含めて大陸は、行けども行けども陸地のわけだから、大きな戦車も自由につくれる。

半藤　日本は、そういう意味では、技術的にはすごく考えて、日本の力でできる範囲で、相当のことはやったと思いますね。たとえば、戦艦大和《やまと》*18とか、零式《れいしき》戦闘機*19、ゼロ戦と言いますが、あるいは、酸素魚雷《ぎょらい》*20とか、そういう、兵器としてはものすごく考え抜いたものをたくさんつくっています。

だけれども、基本的なところで、日本という国は、それこそ、元軍人さんの言葉を借りて言えば、「元亀《げんき》・天正《てんしょう》の頃の兵器をもって戦った」と。これはノモンハンで戦った大佐（須見《すみ》新一郎）の言葉ですが、織田信長の時代、元亀・天正の頃（一五七〇～九二年）の武器で近代兵器と戦ったということになっちゃうんでしょうかね。

――それでも、精神力をもってすれば勝てると思ったのか、あるいは、相手方の分析が全然なっていなかったのか、どうなのでしょう、そのあたりは。

半藤　そういう言い方をされると、あっさりと言ってしまえば、相手方の分析はなっていないと思います。ソ連については、ノモンハンでやられましたから、まともにぶつかると大変なことになるとは考えたかもしれない。

ところが、アメリカはたいしたことがないと思ったんですね。これは当時の陸軍の参謀が書いていますよ。アメリカは女の強い国だから、戦争をやると女の人が必ず、「お父ちゃん、戦場に行かないでくれ」と止めるから、アメリカは戦争なんかそんなにやれる国じゃないと。こういうふうに書いていますから。そういう認識であったかもしれませんね。

――そういうレベルなんですか。

半藤　ええ。日本の陸軍でも、海軍もそうですが、中国の研究家はたくさんいたわけです。ところが、昭和十一年（一九三六年）に西安《せいあん》事件*21が起きて、蔣介石《しょうかいせき》と、毛沢東《もうたくとう》率いる共産党軍が手を結ぶんです。「これからはお互いに仲間同士で戦っているのではなく、ともに日本に当たろう」ということで手を結ぶ。それは本当に、日本の進路を真っ向から押さえにかかるような大事件なんですが、日本の中国研究家のほとんどが、「どうせ二つは仲良くできないから、いまにすぐ割れる」という、その程度の認識でした。たしかに大戦後には割れますが、西安事件のときは、両方が一緒になって戦った。

　つまり、日本の当時の人たちが得ていた情報というのは、まことに半端なものでしたし、仮に正確な情報が入ってきても、それを正しく分析して認識し、そこからある一つのものの考え方を生み出すということをせずに、ほとんど「こんなのは偽りだ」という程度の判断で、本当に正確な情報を捨ててしまったんですね。

戦前昭和の日本人の傾向

——半藤さんが戦前の昭和をいろいろお書きになった上で、ご自分がこんなことを思ったというようなことをいくつか挙げていただくと、どんなことがありますか。

半藤　『昭和史』の一番おしまいのところ（むすびの章「昭和史二十年の教訓」）をお読みいただくとわかると思いますが、戦前の昭和の二十年間の日本人とはどのような傾向を持っていたか、どのようなものの考え方をしていたかというのを、わたしなりに考えたものを挙げたんですね。

　一番大事なのは、どうも日本人全体が、何となしに熱狂していたと思うんです。「鬼畜《きちく》米英《べいえい》」*22とか「大東亜共栄圏《だいとうあきょうえいけん》」*23とか、いろんなスローガンが次から次へとつくられましたし、新聞などの日本のジャーナリズムが熱心に煽《あお》りましたので、国民は本当に熱狂したと思いますね。

わたしが中学生の頃、まわりには「熱狂おじさん」がたくさんおりました。当時、替え歌で少々反戦的な歌が流行《はや》りましたので、そんなものを歌うと、「こら！　きさまたちは」と、本当にポカンとやられましたが、そういう熱狂おじさんがたくさんいた。

あの時代の、あの日本人の熱狂ぶり、みんなして一緒の方向へワーッと走っていくような、「国民的熱狂」とわたしは名付けましたが、あれがいまでも一番危険じゃないかと思いますね。それが一番目です。

それから二番目は、ものすごい外圧的な危機が訪れると、何か日本人は、そこから具体的で冷静な、現実的なものの考え方をしないで、観念的な、たとえば、「アメリカはどうせ女の国だから、戦争はしない」とかいう、そんなのは事実としてはないんですが、そういう観念的なものを本当に信じこんで外圧に対処すると言いますか。そういう抽象的な、あまりリアリスティックじゃない観念論というものを日本人は好みますね。これが二番目だと思います。

三番目は、エリートたちが、自分たちだけが、とにかく全てをリードできると思い込むようなところがある。とくに昭和史においては、参謀本部の作戦課という、軍の学校の優等生ばかりが集まるエリートが、自分たちだけの世界をつくっていた。わたしは、「日本型タコツボ集団」と呼ぶのですが、そういうところに入って、自分たちの考えだけで押し進めるという傾向が、日本人の中にはかなりあるんじゃないかと思います。

現代でも、よく眺めていますと、大きな組織では社長室なんかをつくって、そこだけが全部差配するようなかたちをつくっていますね。そういう意味のエリート集団、ほかからの情報はいっさい認めずに、自分たちの得た情報が一番正確で正しいと思っている、そういう集団を日本人はつくりやすい。それが三番目です。

四番目、これは昭和史全体ですが、昭和八年（一九三三年）、日本が国際連盟、いまの国際連合の前身である国際連盟から脱退すると、それ以後、日本には海外からの情報がほとんど入ってこなくなる。国際的情報が入らないために、全体的な、いわゆる国際的なものの見方、常識と言いますか、そういうものがどんどん欠けてくるところがありました。現在でも、こんなにすごい情報世界なのに、日本の人たちは、国際的な大きな情報への対処の仕方が下手くそだなと思うことがあるんですね。

そして五番目は、日本人は、長い視野でものを見て、ある一つの方向を決めるということをしないで、短兵急《たんぺいきゅう》に、明日にでも成果が出るような発想、考え方を、非常に好むところがあります。もう、待っていられないんですよ。

――せっかちなのですね。

半藤　せっかち。昭和史の中では何度も、なんたる大間違いをやるのかというところがずいぶんありますが、この五つを、わたしは『昭和史』の中で挙げています。昭和の戦前の二十年間の日本という国をよく考えてみると、こういう傾向が非常に大きく出てしまって、そのために、大日本帝国、つまり日本という国を滅ぼしてしまうことになったんだなと思うわけなんです。

新たな歴史をつくりつつある日本

――戦後六十年（二〇〇五年）が経って、半藤さんは最近の日本というものを、いま、どういうふうに受け止めていらっしゃいますか。

半藤　「いまの日本はこうだ」とはなかなか言いづらいんですけれども、ただ「戦後六十年」ということで、戦後の日本はいったいどういう日本だったのだろうかと考えるんですね。そうすると、明治の時代はどうか、大正の時代はどうか、昭和の戦争までの時代はどうかということも一緒になって考える。
大ざっぱに言いますと、国家というのはおもしろいことに、基軸というか、それを中心に回るような軸があるわけです。明治の時代は何を考えたかというと、日本をともかく独立国家にしなければいけない、アジアの国のように植民地にしてはいかんということから、強くしなければいけないと考えた。
そのためには、国民というものの意思を全部統合しなければいけない。アイデンティティという言葉がありますが、それをつくり上げなければいけないということで、明治の先人たちが天皇制というものを基軸に置いて、皇室のいろいろなお祭り、祭祀を国民のほうまで下げてきまして、国民も皇室と一緒になって国家的なお祭りにして、皇室を国の中心に置くという方策を採ったと思うんですね。

――結束して一人前になろうと。

半藤　一人前になるために。とにかくこれが、明治の人たちの発明で最も成功したとわたしは思うんです。
それを基軸にして、国家目標は何かというと、明らかに「富《ふ》国《こく》強《きょう》兵《へい》」ですね。国を富ませて、国家を一人前にするために兵も強くして、ということでやってきた。これが本当に、明治の日本という国を堂々たる世界の一流国家にしたということになるかと思います。

その言い方で、では戦後日本は何だろうと考えますと、わたしは、少なくとも平和憲法、新しい憲法による「平和国家」というのを基軸に置いたと思うんです。

――戦後のスタートは、まず、それですね。

半藤　そこに基軸を置いて、国家目標は何かというと、戦後すぐの頃はわたしは中学三年生でしたが、よく耳に入ったのは「文化国家」をつくるのだと。文化国家というのが、戦後の最初の国家目標だと思います。それが、いつのまにか「経済国家」に変わったんですね。文化国家が経済国家に変わった。

いずれにしろ、平和憲法というものを基軸にしながら、経済的に豊かな国家をつくるというのを国家目標にして、戦後はずっと歩いてきたと思うんです。それも相当成功しまして、ＧＤＰが世界の一位とか二位とか言われる経済大国にまで昇りつめた。

考えてみれば、わたしも空襲でやられた人間ですからよく覚えていますが、あの廃墟から、単に再生するだけじゃなくて、堂々たる国家をつくり上げたというのは、実に大変な戦後日本人の努力だと思います。

――半藤さんはどこで戦災に遭ったのですか。

半藤　戦災は東京の向島《むこうじま》で遭いました。

――まさに焼け野原の。

半藤　まさに焼け野原。呆然と焼け跡に立って、「いったいこの国は何なんだろう」と思ったことがありますけれども、いずれにしても、あの廃墟を考えますと、こんにちの日本の、単なる再生じゃなくて、復興というより、むしろ大建設。

――まったく新しいものをつくったようなものですものね。

半藤　そうですよね。ですから、戦後日本の基軸は「平和国家」、国家目標は経済、つまり「豊かな国」。ところが、バブルがはじけ飛んだと言いますか、平成元年（一九八九年）十二月に、日経平均三万八千円というものすごい値を付けて、そこからガタッとくるわけですけども。

それからもう十五年が経《た》つわけですか。いったい、わが日本は、何を基軸にして、何を国家目標にして動いてきたのかなと、わたしは最近チラッと思い出しているんですよ。「失われた十年」とかいう言葉がありますけれども、中身を開けてみると、平和憲法に置いたはずの国家基軸を、いつのまにか皆さんが、それはもういやだと、あるいは、豊かになるというのも頂上まで行ったんだから、もういっぺん豊かさを目指したってしょうがないじゃないかということで、国家目標も何となしに曖《あい》昧《まい》模《も》糊《こ》たるものになってきたということを、わたしはいま感じているんですね。

——何だかよくわからないという、モヤモヤした状態になってしまっているわけですね。

半藤　そうですね。先ほど、日本の人というのは非常に短兵急な発想を好むとお話ししましたけれど、たとえば、明治という国家は天皇制、といっても立憲君主の天皇制を基軸としていた。それが、四十年も経ったときに、どうも単なる立憲君主制ではいやだ、満足できないと。それから、富国強兵も目的を達すると、これも満足できないということで、明治の終わりから大正、昭和の初めにかけて、日本人は、何となしに、いままでの国家のあり方、つまり「この国のかたち」がおもしろくなくなっちゃったんだと思います。

もっときちっとした、もっと違うものに変えたいという意欲が少しずつ生まれてきまして、それが何であったかというのはいろんな見方があると思いますが、天皇制も立憲君主制ではなくて、もっと強い、天皇自らがリードするようなものにしたいと思った。

それから、富国強兵も、単に日本の国ではなくて、もう少し、アジア全体を考える、アジアの盟主というものにつくり上げたいというふうに、いままでのこの国のかたちを変えたくなる人がどんどん出てきて、そして、アジアの盟主たらん、あるいは、大東亜共栄圏のリーダーたらんとか、そういう、ものすごい夢を描いてですね、国家というものをガーッと引っ張っていった。

そういうことを考えますと、現代の戦後六十年の日本もちょうど同じようなかたちで、基軸としての平和憲法はもう駄目なんじゃないか、これだけ動いている国際情勢の中ではもたないと。それから、もう一つ、「豊かな国」といっても、そんなものよりも、もう少し別のものにしたいという思いが、ちょうど大正から昭和の初めにかけての人たちと同じように、現代のわたしたち日本人もそういう思いが非常に強くなっているんじゃないか、それがわたしの仮説なんです。

ある程度、歴史に学んでみると、同じようなスタイルで、日本人は歴史をつくりつつあるんじゃないだろうかと思いますね。

――ということは、いまが岐路に立っていると。

半藤　変換点、転換点と言いますか、いま、そういうところにあると思います。ちょうど昭和の初めの日本が、まさに大きな転換点に立って、結果的にはとんでもない方向に進んでいった。それであるがごとく、時代というものを変えていきたい、日本そのものを変えていきたいというような大きな動きが、日本人の心の中にはかなりあって、それがいま動きつつあるんじゃないだろうか。いままさに転換点にいる、というのがわたしの見方なんですね。

――そのような「いま」ですが、戦前の昭和と似た雰囲気ではあるけれども、現実のいまの世の中は、戦前の世界観とは違いますよね。

半藤　これはもう、全然違います。

――世界の存在も全然違いますね。

半藤　世界そのものが全然違いますね。ですから、昭和と同じような、とんでもない方向への歩みをするなんてことは、わたしは言いませんけれども、ただ、人間の「心」というものは四十年も経つと変化してしまう、何か新しいものを求めるようになる。その新しいものの求め方を間違うと、とんでもない方向に走ってしまうということは言えると思うんですね。

半藤流「四十年史観」とは

――半藤さんは、四十年周期説というものを立てていらっしゃいますね。

半藤　実に数合わせみたいな話なんで、あんまり強調したくはないんですけれど、ただ、そういう見方をすると非常にわかりやすいということでお話しします。

近代日本というのは、ペルリ（ペリー）提督[24]が黒船四隻を連れて日本へ来たときにスタートしたという方が多いんですが、わたしはそうは思わなくて、そのときから始まったのは、いわゆる攘夷《じょうい》運動なんですね。徳川幕府が、京都の朝廷の許しを得ないで開国に踏み切ったために、尊王攘夷運動[25]が起きた。その攘夷運動（生麦《なまむぎ》事件・下関外国船砲撃）の結果、薩摩は英国と戦い、長州は四国連合艦隊[26]と戦ってコテンパンにやられたわけです。そこで、日本の実力では、とても攘夷なんかできないことに気づいた。

京都の朝廷も、これはしょうがない、いずれ攘夷するためにというかたちで条約を許可します。ですから、日本の国策は、あの瞬間に「開国」になった。それはいつかと言えば、慶応元年、西暦に直しますと一八六五年なんです。ここから近代日本はスタートした。

先ほど申しましたとおり、独立国家をつくるために、わたしたちの先人たちはものすごく努力をして、司馬遼太郎さんの言葉を借りれば、「坂の上の雲」[27]を求めて、ワーッと走っていったんですね。なんべんも申しましたが、基軸に天皇制を置いて国家目標を富国強兵に置いて走っていった。そして、日清戦争、日露戦争という二つの大きな国難に打ち勝って、見事に堂々たる国をつくったわけです。

――その四十年後というのが、つまり……。

半藤　一九〇五年です。明治三十八年、日露戦争に勝ったときなんです。日露戦争に勝ったときが一応、世界の一流国になったということですから、それが一九〇五年。一八六五年から一九〇五年までですから、この間は四十年ですね。国をつくる四十年だった。

　ところが、日露戦争に勝ったあと、日本は堂々たる国になったということで、日本人が、「俺たちの力で勝った」とうぬぼれ、のぼせまして、それから何となしに、国内的にも、国際的にも、傲慢《ごうまん》と言ったらおかしいですが、調子のいい国になりました。

　アジアの国の人たちから、あるいは世界から嫌われだしまして、ついに「栄光ある孤立」ということで国際連盟から脱退した。それで、世界中を相手に戦争を始めて、せっかく先人がつくった大日本帝国を、戦争で負けて滅ぼしてしまうわけですね。

――それが、四十年後の一九四五年。

半藤　そうです。ですから、国をつくるのに四十年、国を滅ぼすのに四十年、そういうふうに当てはまるんです。

――一九四五年は昭和二十年ですね。

半藤　それから戦後に当てはめると、六年間、連合軍による、専《もっぱ》ら米軍ですけれども占領の期間があります。サンフランシスコできちんとした条約を結んで独立するまでは、戦後日本は国家主権がない国でした。それでスタートしたのが昭和二十七年（一九五二年）です。ですから「戦後日本」というのは、国家主権を自分たちで持って国家づくりを始めた一九五二年からなんですね。

――占領期間はカウントしないのですね。

半藤　カウントしないところが妙味なんです。それで、一所懸命に国づくりを始めまして、さっき申しましたとおり、戦後日本は平和憲法を基軸に、経済豊かな国をつくることを国家目標にして走ったわけです。そして、見事にすごい国をつくった。その頂上が一九八九、九〇、九一年なんですね。つまり、一九九二年から、日本は新たな四十年に突入したと言えるんです。

――一九九二年と言いますと、平成四年ですね。

半藤　そのときに、バカンとバブルがはじけたんですよ。※ですから、戦後日本をつくったのも四十年です。そして、バブルがはじけて、「さあ」というのが現在です。（※バブル崩壊は一九九〇〜九三年の諸説あり）

――占領期間の調節がありましたけれど、四十年というのは何か意味がありますか。世代が代わるということでしょうか。

半藤　ええ、世代が代わるということだと思います。先ほどの言い方をすると、日露戦争を若くして経験した人たちが、ちょうど四十年経つと、社会全体のリーダーになる。そういうものなんですね。そうすると、この人たちは栄光だけを背負っているわけです。

　だけど、どんなに苦闘してきたかという、負の部分はあまりないですから、ものの見方が、そう言ってはいけませんが、「勝利病」にかかったような固定的なものの見方をする人が多くなるんですね。

――よい思いばっかりが残っていると。

半藤　そうです。それをそっくり言いますと、現代もまた同じではないかと。戦後日本をつくるために日本がどのぐらいの努力をして、苦闘して、汗をかいて、どのぐらいのものを生み出してきたかということは抜きにして、ただその上に乗っかっていたような人たちが、ちょうどいま、日本社会全体の中心になっているんです。

――なるほど、苦労された方のあとに出てきたということですね。

半藤　ですから、日本というものはどういうふうにしたら国際社会の中でいい生き方をできるかということを考えて、本当に考えてやってきた人たちがほとんど引退しまして、もうできあがったものとしての、大変調子のいい日本だけを知っている人たちがちょうど来ているところなんですね。

――そういう時期であること、それを気づかない人も多いのではないですか。

半藤　おもしろいことに、歴史はそういうものなんですね。歴史というのは、自分が転換点にあるとか、危機にあるとか、そんなことは気づかずに生活しているものなんです。

わたしがいま、たとえば、「昭和六年の満州事変[*28]の頃の日本は」なんて書きますけれど、たぶん当時の人たちは、それが日本の次の方向を決定してしまうようなすごい時代だなんてことはご存じないままに、ゆったりとした生活をしていたと思います。人間というのはそういうもんですからね。いまだって、国の方向がものすごくガーッと動いているのかもしれません。バブルがはじけてから何年になりますか。

――十二〜十三年経ちますね。

半藤　そうすると、一九〇五年の日露戦争から十二年経つと、一九一七年ですか。ちょうど第一次世界大戦が終わって、日本が五大強国（米・英・仏・日・伊）の一つになっている頃ですから、日本が「一等国」の自信をもって、まさに胸を張っていた時代なんですね。

あんまり四十年説の類似で歴史を判断すると間違うかもしれませんが、ただ、大きな流れとして、人間というものはそういうふうに変わっていくものだということだけは、やっぱり、学べると思いますね。

「年寄りの夢みたいなことを言います」

——若い人にメッセージを出されるとすると、どんなことになるでしょうか。

半藤　わたしが見た若い人たちが「非常に危なっかしいんじゃないか」ということをお話ししたいと思います。いまの人たちを見ますと、携帯電話と言いますか、ネットと言いますか、こういう社会というのはいったい何なのだろうと、ときどき思うんです。

——何なのでしょう。

半藤　あれはね、自分にとって大事なのは何か、あるいは、自分にとって大事かどうかということだけが価値基準なんですよ。ですから、簡単に言えば、ネット上の、自分に必要な情報だけしか見ようとしない。本当はもっとたくさんの情報があるのに、自分がいやな情報は見ないんですね。取捨選択が非常に自由ですから、万能感と言いますか、自分こそ主人という気持ちになれるんです。

　もう一つ言いますとね、その結果として、自分にとってネットの上の大事なものしか大事ではなくて、ほかのことには全部無関心、そうなるんじゃないかと。これは断定しているわけではなくて、外から拝見していると、そういうものが非常にわたしなんかは感じられるんですよ。

実際は、それではすまない。人間の生き方の中には、やっぱり、社会とは何かとか、自分の運命を左右するような国家とは何かとか、世界の中の日本人はどうあるべきかなど、そういう、いろいろな問題がまわりにあります。ところが、ネットを見ている人たちは、みんな、それがいらないんです。なぜなら、自分にとっては大事じゃない情報だから。

それを繰り返しながら大きくなっていくと、何となく肥大化している自分と、全体的な社会性が欠如した人間とか、あるいは、根拠のない万能感と言いますか、自分は何でもできるというような人たちがたくさん生まれてくる。他人に無関心で、お互いに交渉をほとんどしたくない、そういう大人がどんどん増えてきたら、いったいどうなるだろうか。わたしなんかはそう思うのですが、いかがですか。

——四十年経たなくても危ういですね。

半藤　全部が全部そうではないと思いますけれど。でも、ネットしかやっていない、ネット上のものしか信じない人はたくさんいますね。そういうものを見ていますと、「おいおい、大丈夫かいな」と。

——想像力とか、そういうものが欠けてくるでしょうね。思いやりなんかも想像力ですからね。

半藤　もう欠けてきているんじゃないだろうか。さっきも言いましたように、いま、国家目標そのものが曖昧模糊としているときに、このままグラグラしながら、ネット社会でしか生きていない人たちがどんどん大人になっていったら、いったいどういう日本を目指すのだろうかと。

わたし自身は、もう少しちゃんとした人間同士の付き合いとか、日本人だけじゃなく、国際的な人間同士の付き合い、あるいは、社会をもう少し考えるとか、そういうことが必要なんじゃないかと思うんですがね。

——若者からもう少し年齢を引き上げて、いま、中心で活躍している人たちを考えてみたいと思います。どうでしょうか、すぐ飽きてしまうという話がありましたし、半々に分かれたときでも、何か威勢のよいほうにつくとか、日本人の性格として、そういう傾向はないでしょうか。

半藤　これはもう、皆さん、そうなんじゃないですか。そのほうが楽ですからね。少数派に回ると大変で、たくさんの人についたほうが楽です。とくにネット社会などは、まるっきりそうなんじゃないですか。

　戦後六十年を機会に歴史を振り返りながら、これからの日本を考えているわけですが、戦後の日本人というのは、もう少し開けた人間であったはずなんですよ。それはもう、国際社会の中に仲間入りしなければいけないと思っていましたから、一所懸命、そういうことで頑張ってきた。国際社会の中の日本であろうと、努力をしてきたわけです。しかし、いまはどんどん閉じていますよ。外国旅行はしていますけれど。

――すごい数ですよね。そういう意味では、国際社会に開かれているような気がいたしますが。

半藤　いや、何も見てこないんじゃないですか。見てこないというか、誰ともそれほど付き合ってこないんです。日本人ほど付き合いの悪いやつはいないと、よく聞きますよ。

　戦後日本を考えますと、本当にあの焼け跡の中から、一所懸命に日本をつくってきたんですよね。やっぱり、日本人のエネルギーというのはすごいと思うんです。もう少し真面目になって、あんまり自分たちだけで自己満足しないで、「明日の日本をつくる」というかたちで真面目に、もう少し誠実になって、そして頑張る。だって、廃墟からこれだけのものをつくったわたしたちですよ、もういっぺん国をつくり直すことくらいできる、と思うんですがね。

——何をやってよいのか、それが見つからない、という若い人もいますね。

半藤　これはやはり、政治の問題ですよね。政治のトップに立つ人たち、経済のトップでもいいですけれど、日本のトップに立つ人たちが、国家目標は何であるかという、大きな意味の戦略、あるいは政略、そういうものを打ち立てないで、すぐに成果を生むような短兵急の発想でしか考えない。本当に、日本はどういうふうにして生きていこうとしているのかという、そういう世界観がなくなっちゃいましたよね。

「目的のある時代の人間はいいんだよ。みんな一所懸命になれるんだよ。目的に達すると、もうどうしようもないんだよ」と言う人がいますけれど、そういうあきらめの話ではなくて、新たなもう一つの目標を国として立てて、そして押し進めるというぐらいの力と情熱は日本人にあるわけですから、すべきだと思いますね。

——もう物を求める時代は終わったというふうになってくると、では、何を求めていったらいいかというのは、非常に難しいし、逆に言えば、本当に贅沢《ぜいたく》な悩みでもあるわけですよね。食べられない人たちがまだ世界には、たくさんいらっしゃるわけですから。

半藤　それはもう贅沢すぎる悩みですね。しかしながら、何も将来に夢を描けないという、それこそ、「坂の上の雲」がなくなっちゃったというのは、もっと気の毒なんですね。
もうね、年寄りの夢みたいなことを言いますと、いまだからこそ、平和憲法から平和主義というものを世界中に押し進めるぐらいのことを、日本人が情熱を持って、やり直したほうがいいと思っているんです。

昔は、戦争というものは国家主権同士の戦いだったわけです。これは国際法にもちゃんとそうあります。ところが、二十世紀の終わり、一九九九年に北大西洋（条約機構）軍（NATO軍）がコソボの問題[*29]に介入しまして、爆撃をしたんですね。あのときの理由が、「人道のため」と言う。人道のために爆撃をして、一国の国家主権を踏みにじってもOKなんだという戦争論を、あそこで持ち出したんです。わたしはあのときから、「二十一世紀というのはとんでもない世界になるぞ」と思いだしたんですよ。

過去の戦争論、つまり、国際法に基づく過去の戦争論は全部ご破算です。なくなっちゃった。これは一種の予防戦争なんですが、危険と思われるやつを先に叩《たた》くのは正しいということで戦争が始まるわけですね。

こういうことが、いわば、現在の世界なんですよ。この理屈でいくと、どこでもやれます。宣戦布告しなくてやるわけですから。「人道のため」と言えば、ちょっとした国は全部が人道のために爆撃できる。それから、危ないと思った国を先にやれるとなれば、またこれ、どこでも叩けるわけです。人類は非常に危険なときなんです。

――そうですね。しかも、科学の発達ということで言えば、兵器もどんどん強力になっていますよね。

半藤　強力になっています。ですから変な話ですが、遠くからボカボカ撃って、自分のほうは何の被害もないということはあり得るわけで。それは、いまの人類が直面している最大の危機だと思います。

　そのときに、やっぱり日本が、「よし、日本が世界のトップを切って、みんなして努力して平和で行こうじゃねえか」ということを国家目標として打ち立てて、バカにされようが何しようが、これを「わが日本の、これからの二十一世紀の日本の生き方である」とやって、頑張ったっていいじゃないかと。

　これは、戦争で死に損なった、空襲で死に損なった男の夢みたいな話かもしれませんけれど、そういうような大きな理想を打ち立てて、日本がこれからの時代を生きていくというのは、わたしは非常に大切なことだし、いいことじゃないかと思うんですがね。

――「坂の上の雲」をそのぐらいのところに置かないといけないと。

半藤　置かないといけなんじゃないかと思いますね。

——それを目指すためにと言いますか、半藤さんは、今年（二〇〇五年）は、昭和史の戦後篇（『昭和史 戦後篇 1945－1989』として平凡社より二〇〇六年に刊行。のち平凡社ライブラリー）をお書きになるそうですが。

半藤　いや、書くんじゃなくて、またしゃべるんです。

——どういう思いで始められるのでしょうか。

半藤　これは、『昭和史』を読んだ方が「これでは半分じゃないか」と、いや半分以下ですかね。あとの分は大変ですけれども、戦後日本がどういうかたちでこの国をつくってきたか、どういう思いでつくってきたかということを、やはり、きちっとしたかたちにして、いっぺん残しておこうと思いましてね。

　これは、現代史ですから、生きていらっしゃる方もたくさんいる、経験された方もたくさんいるので、非常にやりづらいんですが、でも自分も生きてきたわけですから、自分なりの見方で戦後史を全部やれるかどうかわかりませんが、あるところまではきちっと押さえて、あとは走っちゃうけれどやりたいと思いまして、もう始めました。

——やはり、戦前の二十年と、戦後の六十四年までとでは違いますか。

半藤　さて、これは語ってみないとわかりませんけれども、やっぱり、かなり違うと思いますね。語っていて楽しいところがもっと出てくるんじゃないかと思いますね。

昭和二十年（一九四五年）までは、語っていてそれほど楽しくないんですね。そうじゃなくて、戦後は、楽しいという言い方は悪いですけれども、元気が出るような話のところもたくさん出てくるんじゃないかと思います。

――歴史というと、それこそ、古代から順番にという習い方をしますけれども、いま、お話をずっと伺ってくると、自分のお父さん、おじいちゃんと逆算して見ていったほうが非常にわかりやすいという感じがしますね。

半藤　そうかもしれませんね。いまを本当に理解するのだったら、ちょっと前を理解していく、そのほうが本当はわかりやすいかもしれませんね。

こんにちの日本がどういうかたちでできたのかというのは、少し過去に進んでいくと、まさにバブルの最盛期のときの日本人がどのぐらい「いい気」になっていたかと。本当に「紙」だけの反映だったかもしれないですよね、それを非常にみんなが謳歌《おうか》して、いい気になったかというところにたどり着くわけですよ。

いま、みんなして何となしに、享楽主義と言ったらおかしいですけれども、みんなして、ワッショイワッショイと、いろんな不手際を犯しているそもそもの原因は何にありや、となれば、そのあたりまでたどり着くと見当がつくんじゃないでしょうか。

——各個人が歴史を他人事として見るのではなくて、自分のルーツという感じで見ていければ、全然見方が違ってきますね。

半藤　違ってきます。そうだと思いますね。

*1　**ノモンハン事件**　一九三九年に満州国とモンゴル人民共和国（外モンゴル）の国境地帯（ノモンハン付近）で起こった日ソ両軍の武力衝突。日本軍は実態を国民から隠し「事件」と命名するが、両軍ともに約二万人の死傷者を出す「戦争」だった。

*2　**ナチス・ドイツ**　ヒトラー率いるナチス（ナチ党＝国民〔国家〕社会主義ドイツ労働者党）が政権を掌握した時代のドイツ。ナチスは一九三二年七月の国会選挙で第一党、翌三三年一月ヒトラーが首相に就任し政権掌握、四五年五月、連合国に無条件降伏し崩壊。

*3　**アウシュヴィッツ**　ナチスが一九四〇年にポーランドに建設した強制収容所。ユダヤ人絶滅（ホロコースト）政策の中心施設であり、四五年までに少なくとも百三十五万人がここで虐殺されたとされる。

*4　**日独伊三国同盟**　一九四〇年九月、世界新秩序建設に向けて結ばれた軍事同盟条約。第二次大戦初期のドイツ軍の破竹の進撃に乗じ、日本では英仏などの宗主国が弱体化した東南アジ

ア侵略を目指す南進論が沸騰し条約締結に至るが、対米関係の悪化を招いた。

＊5 **伊藤正徳**（一八八九～一九六二） 大正・昭和期のジャーナリスト・軍事評論家。一九一三年に時事新報社に入社、海軍省詰となる。以後、二一～二二年のワシントン軍縮会議での大スクープで名をあげるなど、海軍通のジャーナリストとして知られた。

＊6 **レイテ沖海戦における栗田艦隊** 一九四四年十月、レイテ島に上陸する米軍とそれを阻む日本軍が総力を挙げて戦った大海戦において、米上陸部隊・海上部隊殲滅作戦でレイテ湾突入を担当した栗田艦隊は湾を目前にしながら「謎の反転」をおこない作戦は失敗する。日本海軍は戦艦武蔵など主力を失いほぼ壊滅した。

＊7 **小沢治三郎**（一八八六～一九六六） 昭和期の海軍軍人。レイテ沖海戦で小沢艦隊は「囮（おとり）作戦」を敢行し米機動部隊を北方へ誘い出すことに成功するが、主力の栗田艦隊の謎の反転によって作戦は失敗。一九四五年に最後の連合艦隊司令長官に就任。

＊8 **統帥権** 大日本帝国憲法十一条は「天皇ハ陸海軍ヲ統帥ス」と定め、軍令（作戦・用兵）は内閣の管轄する一般国務から独立し、大元帥（天皇）直属の陸軍参謀総長、海軍軍令部長（のち総長）の輔弼により行使する大権（＝統帥権）とされた。十二条は「天皇ハ陸海軍ノ編制及常備兵額ヲ定ム」とし、軍政（組織編制・人事・予算など）は内閣の一員である陸海軍大臣が輔弼するとされたが、軍部はしだいに編制など「軍政」事項について内閣が口出しすれば「統帥権干犯」だと非難する一方、満州事変以降は天皇の統帥命令なしに作戦・用兵を強行する、事実上の統帥権干犯をおこなうようになる。

＊9 **西南戦争**　一八七七年二〜九月の最後の士族反乱。私学校生徒らが西郷隆盛を擁立すると熊本などの士族が呼応。反乱軍が熊本城の政府軍と攻防戦を開始し、政府は徴兵令による軍隊を派遣。劣勢となった反乱軍は大分・宮崎・鹿児島と転戦し、西郷の自刃で終結。

＊10 **永野修身**（一八八〇〜一九四七）明治・大正・昭和期の海軍軍人。一九三六年に広田弘毅内閣の海軍大臣、三七年に連合艦隊司令長官、四一〜四四年に軍令部総長就任。

＊11 **山本五十六**（一八八四〜一九四三）明治・大正・昭和期の海軍軍人。一九三六年、海軍次官に就任し陸軍の日独伊三国同盟路線に反対。三九年に連合艦隊司令長官に就任。日米開戦には反対だったが、短期決戦論・航空主兵論に基づき真珠湾攻撃計画を立案。

＊12 **杉山元**（一八八〇〜一九四五）明治・大正・昭和期の陸軍軍人。一九三七年、林銑十郎内閣・第一次近衛文麿内閣の陸軍大臣に就任、日中戦争勃発に際して戦線拡大を唱え、四〇〜四四年に陸軍参謀総長就任。日露戦争では沙河会戦に参加し顔面を負傷。

＊13 **日露戦争**　一九〇四〜〇五年、朝鮮・満州の支配権をめぐり日露が戦った戦争。日本はかろうじて戦勝国となるが、のちに「十万の同胞の血をあがなってロシアを駆逐した満州は日本の生命線」とのスローガンが、太平洋戦争敗戦までの日本を呪縛する。

＊14 **真珠湾攻撃**　一九四一年十二月八日、日本海軍の機動部隊がハワイのオワフ島に集結する米太平洋艦隊を奇襲攻撃し大打撃を与えた。永野修身は軍令部総長として真珠湾攻撃の決行を推進。同日、日本陸軍も英領マレー半島に奇襲上陸し、太平洋戦争が開始された。

＊15 **旅順港攻略戦**　日露戦争の当初、日本の連合艦隊はロシアの主力艦隊（バルチック艦隊）来

航に先立ち、遼東半島のロシア旅順艦隊を砲撃、さらに港内に封じ込める閉塞作戦を敢行。永野修身は海軍陸戦重砲隊の中隊長として参加、のち日本海大海戦にも参加。

＊16 **日本海大海戦**　一九〇五年五月二十七～二十八日に戦われ日露戦争の勝敗を決した大海戦。連合艦隊はバルチック艦隊に壊滅的損害を与え、ロシアはこれを機に講和会議を受け入れた。山本五十六は装甲巡洋艦日進に乗り込んで参加し重傷を負った。

＊17 **白兵戦**　刀・銃剣などの白兵（切る・突く機能を持つ兵器）を手にして戦う至近距離の戦闘。日本は、海軍の砲撃と閉塞作戦ではロシア旅順艦隊を壊滅できず、陸軍の大部隊を編制し旅順郊外の二百三高地の占領作戦を敢行、そこからの観測砲撃によって港内の艦隊を全滅させたが、二百三高地占領に際し十三万人が動員され、六万人の死傷者を出した。ロシア軍がコンクリートで固めた堡塁に籠もる二百三高地において、日本兵は敵の大砲・機関銃攻撃の中で白兵突撃を繰り返した。

＊18 **戦艦大和**　大艦巨砲主義に基づく当時世界最大の戦艦。造船技術の粋を結集し一九四一年に完成。しかし山本五十六の航空主兵論に見られるように、第二次大戦では空母搭載機による航空戦が主力となり、大和も巨砲の威力を発揮することなく米軍機の攻撃を受け沈没。

＊19 **零式戦闘機**　正式名称は零式艦上戦闘機。最大時速五〇〇キロ以上、六時間以上の航続力を持つなど、太平洋戦争の前半期までは運動性・戦闘力で世界最高水準の戦闘機だった。皇紀二六〇〇（西暦一九四〇）年に制式採用され、皇紀の末尾数字により「零式」と命名された。

＊20 **酸素魚雷**　燃料の酸化剤として空気ではなく酸素を使用した魚雷。高速で射程が長く、無航

跡で、第二次大戦終了まで日本海軍だけが保有した。皇紀二五九三（西暦一九三三）年に制式採用の九三式と皇紀二五九五（西暦一九三五）年制式採用の九五式とがあった。

＊21 **西安事件**　一九三六年十二月、張学良（二八年に関東軍により爆殺された張作霖の長男）が国民政府の蔣介石を西安で監禁した事件。張は中国共産党の周恩来とともに蔣を説得、国共合作（国民政府と共産党との協力）、抗日民族統一戦線の結成が進んだ。

＊22 **鬼畜米英**　米英人は人間らしい心を持たない鬼や畜生のような奴らだ、として国民の敵愾心を煽ったスローガン。

＊23 **大東亜共栄圏**　日本の東南アジア侵略を正当化するために唱えられたスローガン。一九四一年、第二次近衛文麿内閣の松岡洋右外務大臣が記者会見で用いたのが最初とされる。ほかにも満州国建国に際しては日・朝・漢・満・蒙の「五族協和」、日中戦争下の中国侵略に際しては「東亜新秩序」など、侵略を正当化するためのスローガンが次々とつくられた。

＊24 **ペルリ**（ペリー）**提督**（一七九四～一八五八）　アメリカ海軍軍人。一八五三年、東インド艦隊司令長官兼遣日特使として来日し日本の開国を要求。翌五四年に再来日し日米和親条約を締結。

＊25 **尊王攘夷運動**　幕藩体制の動揺と欧米列強による植民地化の危機が迫るなか、いずれも儒学に基礎づけられた尊王論（王室尊崇の主張）と攘夷論（自国を中華とし外国〈野蛮な「夷狄」〉を排斥する主張）とが合体、尊王攘夷運動はのちに討幕運動に発展。

＊26 **四国連合艦隊**　一八六三年五月、長州藩が下関海峡を通過するアメリカ・フランス・オラン

ダの船舶を砲撃、翌六四年八月、英・仏・米・蘭から成る四国連合艦隊は下関砲撃を開始、陸戦隊も上陸して長州軍を打ち破った。

＊27 **「坂の上の雲」** 司馬遼太郎は長編『坂の上の雲』で、近代国家として歩みはじめ大国ロシアとの戦いに勝利した時代の日本の若者らを描いた。あとがきの中で、彼らは「前をのみ見つめながらあるく。のぼってゆく坂の上の青い天にもし一朶（いちだ）の白い雲がかがやいているとすれば、それのみをみつめて坂をのぼってゆくであろう」と記している。

＊28 **満州事変** 日本による中国東北部・内モンゴルへの侵略戦争。一九三一年九月十八日夜、関東軍は満鉄線路を爆破、中国軍の仕業だとして戦闘開始。三二年二月までに東北三省（奉天・吉林・黒龍江）を制圧、三月「満州国」建国、三三年には熱河省を満州国に併合。

＊29 **コソボの問題** コソボはかつてセルビア共和国内の自治州で、住民の九〇％ほどがアルバニア人だが、政権はセルビア人が掌握していた。一九八〇年代末、セルビア当局が州の自治権を奪うと両者の対立が表面化、九八年には当局の武力弾圧が激化し、九九年ＮＡＴＯは「人道的介入」の名のもとにセルビアの軍事目標などへ空爆を開始したが、この「人道的介入」は国連安全保障理事会の決議を経たものでもなく、国際問題化した。なおその後、二〇〇八年にコソボ議会は独立を宣言、現在では百か国以上の国が独立を承認している。

「半藤昭和史」を見る(1)
——亡国へと導いた国民的性格

保阪正康

半藤一利をどのような肩書きで評すべきであろうか。作家であり、歴史家であり、そして戦史の研究者であり、その上に夏目漱石の研究者という肩書きもおかしくはない。つまり半藤は「多面的な顔を持つ表現者」と言っていいように思う。そしてそれぞれの分野でレベルの高い仕事を残したと評価すべきであろう。

私はそういう半藤の仕事を比較的丹念に見てきたので、多くの感想や分析はできる。特に対談、座談、シンポジウム、講演などで席を同じくする機会を持った。熱心な編集者が、半藤との対談本が二十冊ほどあると調べてくれた。一冊の対談本でも、最低五回は会うわけだから、雑誌や座談などを含めると、私は延べにして半藤とは二百回近くは面談していることになる。それゆえに、というべきであろうが、対話を続けていても、次にどのような話の展開になるか、大体は予測がついた。

　半藤は、前述のようにさまざまな肩書きを持っているにせよ、そこには確固とした歴史観、人生観があるために、考え方がぶれないとの姿勢が見られた。特にその歴史観は、単に半藤個人のというよりは、世代を代表している点に特徴があった。昭和五年（一九三〇年）生まれだから、戦争終結時には十五歳である。昭和二十年（一九四五年）三月十日の東京大空襲時、下町に住んでいたのだが、母親や弟妹はすでに茨城県に疎開していて、半藤は父親とこの大空襲にあっている。猛火の中を逃げ回り、かろうじて助かった。そういう戦争体験、そして敗戦時の辛酸を舐《な》めた生活を、この世代は体験している。半藤はそういう体験世代の歴史を代弁していた。半藤の「昭和史」シリーズが多くの人に読まれているのは、とにかく戦争の現実を土台にしていて、そして極めて素朴に「もう戦争は二度とこりごりだ」という信念がその著作の隅々にまで行き渡っているからであろう。

「半藤昭和史」は、もとより昭和史だけを抽出して描いているわけではない。昭和の現実の姿は、明治や大正の流れの帰結点でもある。半藤は「なぜこんなふうに昭和はおかしくなったのか」についてはそれだけの理由があると見て、その因を探ろうとして明治の日露戦争、そしてやがては幕末史に至る。昭和の戦争の因果を明らかにすることで、近代日本史の誤謬《ごびゅう》を正確に見据えておこうという結論に至ったのであろう。

この日露戦争は、昭和十四年（一九三九年）八月のノモンハンでの戦争などにも当然ながら関わりがあるということになる。そういう点の分析は、今私たちは「半藤史観」という言葉で語るのだが、アカデミズムの枠内とは異なる解釈や視点が提示されている。織田信長の頃の兵器でソ連の近代兵器と戦う戦争の実態を、軍人たちの証言として引き出している。半藤史観は、自らの戦争体験、広範囲に取材しての現実、さらにはバランスの取れた見方などで出来上がっていると言ってもいいであろう。

あえて触れておくが、戦後の日本社会にあってアカデミズムでは、いわば唯物史観が勢力を持っていた。言うまでもなく歴史は科学としての研究対象であり、それを代表する唯物史観は上からの演繹《えんえき》的な解釈による解説と分析であった。しかしあえてジャーナリズムに依拠する半藤とその系譜の研究者、著述家は演繹的な解釈、分析とは一線を引き、実証主義的な手法による記述に活路を見出した。このことは下からの帰納的な手法により、多くの作品が世に出た。どちらが影響力を持ったか、という比較論などはさほど意味がない。アカデミズムとジャーナリズムは棲み分けしていたからである。

そういう時代の中で、結果的にということになるのだが、ジャーナリズムの側の帰納的な実証主義的方向の牽引《けんいん》役が半藤であったということは否定できないであろう。むろん半藤は有力な出版社の編集者であり、役員も経験しているのだから、そうなることは、当然と言えば当然であった。実証主義派の重鎮だったということだ。

さらにつけくわえておくならば、編集者としての半藤は、軍事評論家の伊藤正徳、作家の坂口安吾、さらには松本清張、司馬遼太郎などの歴史作品に見られる実証主義派の系列を守っているようにも思えるのである。半藤の前にも幾人もの先達がいるということである。半藤がこういう先達に極めて素朴に畏敬《いけい》の念を漏らすのを、私は何度も聞かされた。その口ぶりには、我々はそういう先達を継いでいかねばならないとの覚悟が伺えた。その覚悟は、昭和史の表面を見て単純に分析して、それで歴史がわかったなどと言ってはならないという意味を含んでいた。

私はそういう半藤の系譜を引きたいと思っているが、この系譜を守るのはこれからの次の世代の基本的な役割であると、私も考えている。

この章の内容についての解説も記しておきたい。

昭和前期（昭和二十年八月までを指すのだが）の二十年間は、どのような時代であろうか。一言で言えば、戦争を起こすための準備期間、そして中国で戦端を開き、軍事力で戦線を拡大し、やがてアメリカ、イギリスなどを敵に回しての戦争に入っていったということになるだろう。

この二十年間に日本はどのように変わっていったのか。いや軍事独裁はいかなる方法で出来上がっていったのか。半藤はいわば日本型のファシズムの完成を大状況で語るのではなく、全て具体的に語り尽くしていく。日本の軍人教育は、たしかに戦略、戦術は熱心に教えたであろうが、しかし戦争論や戦争学は全く教えていない。それゆえにひたすら「統帥権独立」という語を声高に叫び、政治を軍事の下部に従属させて好き勝手を行ったというのが真実であると言っていい。したがって批判は軍事に多く割かれるのは当然としても、それだけでは歴史の分析にはならない。半藤史観はこういう状態をもっと国民的な視野で批判することの大切さを教えている。

半藤自身、昭和史のこうした断面に見られる国民的性格についても、より具体的に五点を挙げて語っている。それぞれが貴重な見解だと思う。簡単に整理しておくと、①熱狂する癖、②観念論好き、③エリートの独善、④情報への対処無策、⑤せっかち、の五大欠陥を挙げている。それぞれ簡単に理由も述べている。昭和史のこのような欠陥は国民的性格にあるというわけだが、昭和二十年までの戦争への道筋にはこの欠陥がはっきりと見て取れるというのである。「半藤昭和史」の書籍はこの五大欠陥を元に書かれていると言ってもよいであろう。

特に注目すべきは、半藤史観ではそのいずれもが極めて重要と言えるにせよ、あえて一つを挙げるならば、⑤の「せっかち」を説明するのがわかりやすい。半藤は、日本人は長い目で状況を見たり、長期的な視野で情勢を分析したりするのが不得手だと分析している。この見方について、私も同感であり、納得できる。昭和の歴史はまさに短兵急に事象を見るから、実に諦《あきら》めも早いし、長期的に見る姿勢を小馬鹿にする傾向を持つことになる。半藤はそういう例を細かく挙げているわけではないのだが、この指摘に類する史実はすぐにいくつも挙げられる。昭和史の中から、あえて重要な史実を指摘しておくことにしよう。

例えば、昭和十六年（一九四一年）十一月二十六日（ワシントン時間）に、日本はアメリカ側からハル・ノートを突きつけられて、戦争に国策を傾けることにする。この時の政治、軍事指導者はもう何も見えず、考えることもせずにこれで戦争だと直線的に進んでいく。「せっかち」そのものである。

この時にアメリカの本音はどこにあるのか、我々を挑発してきたのではないか、それはどのような意味を持つのだろうか、と冷静に考えて、議論をしていけば日本はあれほど慌てて戦争には入らなかったであろう。いやたとえ戦争に入ったとしても、もう少し冷静にこの戦争はどこが終末点なのか、どういう段階でどのような手を打つか、などを考えて戦争を選択したであろう。

そのような冷静さは全くなかった。あるいはそんな計画など考えること自体、敗戦主義者として弾劾《だんがい》されたであろう。「せっかち」にならざる者は弱虫であり、軍人にあるまじきだらしのない者として、弾圧され、逮捕されたことであろう。つまり戦争に反対する国賊、あるいは愛国者ではないと謗《そし》られる犯罪者に転嫁《てんか》してしまうという形になったはずであった。社会全体がすぐに結論を求めて浮き足立つ状態になってしまうはずである。

あえてもう一つ挙げておくことにしたい。

昭和十二年（一九三七年）十一月から十二月、そして翌十三年（一九三八年）一月にかけて行われた日中戦争下の講和交渉である。通常この工作は「トラウトマン（ドイツの駐華大使）工作」と言われているのだが、日本側は講和の条件を蒋介石政府とトラウトマンに渡している。そういう時に二週間以内に回答をよこせと一方的に期限を切ったりする。回答が遅いと怒り、その間に首都南京を陥落させるとさらに和平の条件を釣り上げていく。こういう時の「せっかち」にはトラウトマンも呆れ返ったほどであった。

この交渉は結局潰《つぶ》れるのだが、日本はこうした外交交渉でも期限を定めて、相手側が自分の思う通りにならないと極めてあっさりと誠意がないと判断して中止してしまう。この性格は戦時のような交渉時にはむしろマイナスに作用するのである。

半藤は、この章の中でこういう「せっかち」のような性格が、結果的に国を滅ぼすことにつながったと言い、こうした欠陥の由来はどのような経緯を辿《たど》って生まれたのだろうか、と語ってもいる。あわせて日本社会は、ほぼ四十年周期に事件、事象に見舞われるという持論を説明しているが、それは四十年ごとになんらかの欠陥が噴出すると考えると、半藤理論も相応に意味を持つのではないだろうか。

二、

教育によって国というのは立つんです。経済によっては立たない

（ラジオ深夜便「特集・100年インタビュー　戦争体験と昭和史研究」2009年8月27日、28日）

大人というのはいかにクルクルと変身するか

——わたしは戦後世代ですので、もちろん、戦争のことは存じません。ですから、半藤さんご自身の戦争体験、それから、ご自身の取材を通して、その後の日本がどう歩んできたのか、そういったことを教えていただけますか。

半藤　あまりたいしたことは話しませんけれど、どうぞ。

——よろしくお願いいたします。日本にとっては、玉音放送をもって終戦ということなのですが、昭和二十年（一九四五年）八月十五日、半藤さんは新潟の長岡にいらしたのですね。

半藤　ええ、新潟県長岡の、あのときはまだ学徒勤労動員[*1]をしておりました。中学三年生でしたけれども、工場で働いておりました。

——軍需工場。では、十五日は。

半藤　十五日の十一時五十八分まで働いていましたね。

——正午に玉音放送でしたよね。

半藤　そうです。五十八分まで働いていて、アナウンスが鳴りまして、「尊い放送がございますので、ラジオの前に集まるように」と言って、とたんにパーンと工場の機械が全部止まりました。それで、ラジオの前に集まったら、始まったんですね。

――直立で聞いていらしたんですか。

半藤　いや、わたしの記憶では、あまり直立不動の姿勢をしていなかったような気がします。わたしなどの中学生は、そういうような放送とは思いませんでしたから。大人の方はかなり緊張して。その日、前もって放送することをＮＨＫさんが放送していましたからね。

――半藤さんのご著書によると、前夜から、明日は重要な放送があると。

半藤　ただ、わたしたちは中学生で、何の放送か知りませんでしたから、それほど緊張して聞いた覚えはありませんね。

――それで、放送の中身はわかりましたか。

半藤　ワンワンワンワンというような……よっぽど録音が悪かったのか、それともわざとああいうふうにしたのか知りませんが、でも、聞こえることは聞こえたんですよ。ポツダム宣言[*2]を受諾するということもわかりましたし、それから、有名な言葉の「堪え難《がた》きを堪え、忍び難きを忍び」という、あの言葉もわかりましたからね、「ああ、これは負けたんだな」ということはすぐ理解しましたね。

――中学生としては、そのときの心境はどうですか。

半藤　まあ、正直言いますと、わたしは東京大空襲などを受けていましたので、「ああ、これで死ななくてすんだのかな」というふうには思いましたね。

なにせ、わたしたちは、十五歳以上は立派な戦闘員、戦士であるというので、敵を迎え撃ってやがて死ぬもんだと、いくらかは覚悟していましたからね。それが、これでご破算になったと、そういうふうには思いましたね。

――敗戦の予感というのはありましたか。

半藤　ええ、敗戦の予感は、うちの父親がはっきり言っていましたから。

――お父様がおっしゃっていたと。でも、当時は、そんなことを口にしてはいけないのではないですか。

半藤　そうなんですが、わたしたちには言っていましたね。昭和十九年（一九四四年）の七月にマリアナ諸島のサイパン島、八月にグアム島が陥落[*3]しましたね。あれが陥落したときに、うちの父親が、「これで戦争は、日本に勝ち目はない。あとは負けるだけだ」と。「どうやって、いかにしてうまく負けるかということだけが大事だ」ということをしきりに言っていました。だからわたしは、「ああ、この戦争は勝てないんだ」ということは、そのとき覚悟しましたね。

――そういう方は、まわりにもいらっしゃいましたか。

半藤　わたしの父はそうでしたけど、まわりは、そんなこと露《つゆ》にも思わない人ばっかりでしたね。

――あの玉音放送を聞いて、皇居前で号泣《ごうきゅう》している姿を見ますね。

半藤　写真がありますよね。あれは事実だったらしいですが。

――まわりの方はどうでしたか。

半藤　わたしのまわりでは、大人はかなり泣いていました。それから、いまになってわたしが調べたりしてわかることですが、詩人とか、歌人とか、俳人とか、それから小説家、こういう人たちはみんな号泣していますよ。そういう歌を詠《よ》んだり、文章に書いたりして、かなりの方が泣いていましたね。

――無知な質問なのですが、その涙というのはどういうものでしょうか。

半藤　いろんな要素が混じっていたと思いますね。悔しいという思いもあるし、情けないという思いもあるし、悲しいという思いもあるでしょうし、それに、天皇陛下に申し訳なかったという思いもあるでしょうし。そういういろんなものが混じったようなかたちの、どれとして自分でわからないような涙ではないでしょうか。

わたしたち、子どもは泣きませんでしたね。あっけらかんとしていたでしょうかね。

――それまでは何かと、不敬罪だの、非国民だのと言われていたことが、その日からは聞かれなくなったんですか。

半藤　もう聞かれなくなりました。変な話ですけれども、それまではものすごくおっかないおっさん、「軍国おっさん」みたいな先生でも、とにかく、何かと言えばひっぱたいていた人が、戦争が終わって学校が始まった頃にはケロッとしていましたからね。

子どもの目から見ますと、大人というのはいかにクルクルと変身するかというのが非常によくわかりました。「もう、これからは民主化だ」と。この前までは天皇陛下のために死ぬと言っていたのが、たちまち民主化ですからね。日本人の変わり身の早さというか、節操のなさというか、わたしたち子どもから見ても、「お前たち、少しは自分の過去のことを反省しろよ」と思いたくなりましたけどね。

だから、日本人というのは、何というんでしょうかね、あてにならない部分が、当時感じましたね、子ども心に。

世の中に「絶対」ということはない

――そのやんちゃな少年時代のことを伺いたいと思います。新潟へ行かれる前は、東京向島にいらしたのですね。

半藤　わたしは、東京の向島の生まれなんですね。現在の墨田区で、当時は「向島区」と言っていましたが、そこで生まれました。

――どんなことをやらかしましたか、当時は。

半藤　悪いやつでしてね。わたしがいまでも一番に覚えているのは、昭和十八年（一九四三年）ですから、六年生のときですか。日本の国の政策で、鉄とか、銅とか、金属は全部出せ、供出[*4]せよという命令が出まして。

当時は、薪を担いで本を読んでいる二宮金次郎[*5]さんの銅像というのが、どこの学校にもありました。よく、わたしたちは、「お前ら、これを見ろ。勉強しながら、ちゃんと仕事もしている。親の手伝いをしながら勉強する、こういう人が偉いんだ」とのべつ説教されていたんですが、その金ちゃんが出征するというもんですから、悪いやつ、四、五人で集まって。

――二宮金次郎さんは金属だから、兵隊の役に立つということですね。

半藤　要するに、お国の役に立つために出征していくことがわかりましたので、その前に

「あの野郎、いつも本を読んでいるけれど、何を読んでいるんだろう」ということを思いましてね、悪いやつだけ集まりまして、「覗き込んでみようじゃねえか」と。金次郎さんはいつも、台の上の高いところにいますから、よじ登りまして、見たんですよ。そうしたら、わたしの学校では「忠孝《ちゅうこう》」と書いてありました。

　しかし、「うちの学校だけじゃつまんないから、ほかのも見ようじゃねえか」ということで、すぐそばにも学校がたくさんあったので、向島区の学校を片《かた》っ端《ぱし》から見て歩いたんです。何にも書いていないところがあると、「なんだ、この野郎、何も書いてねえじゃねえか」と頭をひっぱたいたりして。

――本を開いたかたちになっていて、何も書いていないのですか。

半藤　何も書いていないものもある。ものすごくきちっと書いてあるのもありましたね。小学校六年生ですから読めなかったのですが、おそらく『論語』か何かだったんでしょうね。そうこうしているうちに、五つ目の小学校で捕まっちゃったんですよ。

――よく回りましたね、そんなに。

半藤　よせばいいのにね。

――でも、探究心はその頃から。

半藤　まあ、あったんでしょうね。

——捕まってどうなりましたか。

半藤　そこの校長先生が怒りましてね、うちの学校の校長先生のところに厳重抗議が来たんですよ。翌朝、わたしたちが学校へ行きましたら、「すぐ校長室へ来い」ということで、五人で行って、校長先生に午前中いっぱい、懇々《こんこん》と説教を食いましたよ。「授業が始まっているんですが」と言うと、「授業なんかよろしい、そこに立っていろ！」と、午前中八時から十二時まで説教を食ったんですね。

——でも、その頃は、皆さん疎開[*6]するのではないですか。

半藤　向島あたりの子どもたちというのは、そういう言い方をするといけないですが、貧しい家が多いんですね。わたしの同級生などは、豆腐屋の息子、左官屋の息子、米屋の息子、酒屋の息子と、みんな商店ばっかりです。ですから、そんなに金持ちの家はないんですね。わたしの家もそんなたいしたもんじゃありませんでしたし、疎開をするなんて言っても、お金がかかりますから。

——縁故疎開というのは、自分でお金を出していくのですか。

半藤　そうです。疎開がさかんになったのは昭和二十年（一九四五年）になってからですが、その頃は十五歳以上の人間は、先ほどちょっと話しましたように、戦う戦闘員なんですね。国民皆兵[*7]で、わたしは十五歳になっていましたから、疎開がそうそうできないんですよ。

集団疎開ができるのは、昭和六年（一九三一年）以降生まれの子どもたちなので、わたしたち、もう中学二年生になっている東京の子どもたちは、たぶん、それほど疎開していないと思います。

——ということは、あの昭和二十年三月十日の大空襲は。

半藤　東京で受けたんですね。わたしは、昭和十九年（一九四四年）十二月ぐらいから、勤労動員という名前で、軍需工場で働きだしました。わたしの行ったところは大日本兵器という零式戦闘機、いわゆるゼロ戦の二〇ミリの機関銃の弾をつくっている工場でした。

——都内にいたのですね。

半藤　ですから東京大空襲も。東京への空襲は昭和十九年十二月から始まりましたけれど、全部体験していますね。

——二十年の三月十日は、死者・行方不明者十万人とも言われていますね。

半藤　ええ。わたしのいたのは向島区、一番やられたところが深川区、いまでいう墨田区、江東区ですね、これが全部やられたんですね。

——どんな状態だったのですか。

半藤　わたしの家は向島区の一番北の端だったんです。だから、空襲警報が鳴って飛び起きたときには、表に出たら、深川のほう、南のほうが、もう一面に火の海でした。それで間もなく、今度は西の浅草方面のほうに焼《しょう》夷《い》弾《だん》*8が落ちまして。最後にわたしたちの、一番北側のほうに落としたんですね。

——囲まれているということですか。

半藤　囲んだんですね。北風が吹いていますから、南のほうはもう火の海、東のほうも火の海、西のほうも火の海に見えて、実際は火の海じゃなかったんですが、そういうふうに見えましたね。最後にわたしのところがやられました。

　わたしたちは、真面目に「焼夷弾は消せる」と言われていましたから、一所懸命に消していたんです。そうしたら逃げ遅れまして、いや、もう、ひどい目に遭いましたけれど、火がもうガンガン押してくるわけですね。火のないほうへ、ないほうへと逃げていきますと、向こうから逃げてくる人がいて、「向こうは駄目だ、火の海だ」と言うんです。

——そのとき、一人で逃げたのですか。

半藤　一人でした。家族はみんな疎開しておりまして、わたしと父親だけが東京にいたんですが、父親は、これは要領のいい親父だったので、ササッと風上に逃げてしまったみたいで、子どもを放ったらかして。でも逃げるときに、「いつまでもいないで、逃げるんだぞ」と言っていましたけれどね。

――どんな感じで火が迫ってきたのですか。本当に熱いんですか。

半藤　熱いというよりは、火の粉が取り付くんですよ。わたしは服の上に綿入れの袖《そで》なし半纏《はんてん》を着ていたんです。その半纏の後ろに火がついたのを知らなくて、後ろの人が、「おい、坊や、そこに行く坊や、お前の背中が燃えているぞ」と言うんです、カチカチ山のタヌキじゃあるまいし。それで見たら本当に燃えているんですね。あわてて脱ぎましたけれど。そのとき、学校の道具なんかも真面目に背負っていたんですが、背中が燃えたんで、みんな外して、身軽になって逃げたんです。

――九死に一生を得るというか、そのような思いをしたんですね。

半藤　そうですね、でも自分が死ぬ思いをしたことよりも、むしろ、火が収まって朝になり、本当にたくさんの人がそこで亡くなっているのに、戦争というのはおかしなものというか、無残なもんですから、あんまり感じないんですね。無感覚になっている。

——あまりに残酷なこと、恐ろしいことが起きていて。

半藤　ええ、それまでもずいぶん経験してきていますから、あんまりそれを強く感じないで、非常に無感覚というか、自分の心がいかに無慈悲になったかということがよくわかりました。そういう思いをたくさんしていましたから、自分が死ぬ、生きるというよりも、むしろ、そっちのほうが心に残りましたね、ずっと。

そして自分の家の跡に帰りましたら、見事に焼けていました。

——一面焼け野原になったところに立ったときは、どんなことを思いましたか。

半藤　そうですね、そのときは、正直言うとあんまり感じなかったんですね。

ただ一つだけ、いまでも覚えているのは、「俺は、これからの世の中、自分の生きている間は、「絶対」という言葉は使わないぞ」と決めました。「絶対に人を殺さない」「絶対に日本は勝つ」とか、「絶対に火は消せる」とか、そういうたくさんの「絶対」が、当時はまわりに山ほどあったわけです。そういうものは嘘だと。世の中に「絶対というのはない」と。本当にそれは強く思いました。そのことは非常によく覚えていますね。

戦史研究をはじめた理由

――その後、茨城の下妻《しもつま》に行かれたのですね。

半藤　母親の実家がある茨城の下妻というところに疎開しました。これもまた勤労動員ですけれども。

――このときも何か怖い経験をされたそうですね。

半藤　このときのほうが、正直言うとおっかなかったんです。わたしの母親の弟の叔父さんと、小貝川《こかいがわ》という川がありまして、そこへウナギを獲《と》りに行っていたんです。巣を仕掛けて、朝早く上げに行く。ウナギのでかいのが入っていましたので、それを獲って、川の土手を歩いていましたら、アメリカのＰ51という戦闘機が二機、わたしらの上を飛んで行ったんですね。もう慣れていますから、「アメリカだ」なんて言っていた。

二人だけで歩いていますから、まさか何もしないだろうと思ったら、とんでもないんですね。歩いていたら、向こうへスーッと行って、いきなり回ったと思ったら、目の前に二機が。戦争中の子どもですから、飛行機が丸く見えたときにはもう真正面だから弾が当たると言われていた。そしたら丸く見えたんですよ。このときは本当に、「ああ」と思った瞬間に、もうバババババッと撃ってきました。

――子どもなのに？

半藤　叔父さんは土手の下に転げ落ちていましたけれど、わたしは転げ落ちる余裕がなくて、そこで本当に腰を抜かしちゃいまして。そこに、ダンダンダンと真横を、いま思うと一メートルぐらい先だったんでしょうけれど、本当にからだの横っちょをかすって。すると本当に土煙がパン、パン、パンと上がるんですよ。

――よく当たらなかったですね。

半藤　当たったら、もうイチコロでしたね。そのときは、本当に怖かった、本当に腰を抜かしました。

　すると今度は、うちの父親が妙な人ですから、「一億最後の一兵まで戦う、全部生き残らないぐらい戦うということになっているけれども、アメリカ軍は、必ず九十九里浜へ上陸[*9]してくる。これは間違いない。だから、ここにいては先に死ぬことになる」と言う。

――そうですね、茨城は九十九里浜に近いですから。

半藤　「何も先に死ぬことはない。最後まで生き延びて、この国がどうなるのか見届けたほうがいい」と言うので、父の郷里が新潟県長岡の在《ざい》（いなか）にあったんですが、そこへ引っ越していこうということで、また疎開したんです。ですから、また中学を移ったんですね。

――それで長岡で終戦に。

半藤　長岡で終戦ですね。

――そういう思いをされているからこそ、終戦後、東京大学文学部に入られて、そこから出版社に入られたときに、戦史研究会をつくっていろいろなことを調べたり、お書きになったりしていらっしゃるのですね。しかし、それだけの体験をされている方は、かえってもう戦争は思い出したくない、いやだという方が多いではないですか。なぜ、あえてなぞろうと思われたのでしょうか。

半藤　格好よく言いますと、なぜこんな国になってしまったのかと。大日本帝国という、明治以来つくってきた国家が、なんでこんなに無残な戦争をやって、日本中焼け野原にして、全面降伏なんてことになったのかということは、どう考えてもわからない。だから、これは知っておく必要があるんじゃないかというふうに思ったと言えば思ったんですね。

当時、わたしが出版社に入ったのは昭和二十八年（一九五三年）ですが、まだね、平和ということが大事な時代ですから、戦争なんて、もういやだという人ばっかりでしたね。

――それは、もうさんざん、皆さん体験されたわけですよね。

半藤　そうですね。だから会社の中で、「太平洋戦争を勉強する会」というのが正式な名前ですが、その会を、編集者の中で知りたいと思うやつは入れというのでつくったんですけれども、「お前、こんな時代に、よく戦争や軍隊なんていうものを研究しているな。頭がおかしいんじゃねえか」と思った人もずいぶんいたみたいですね。

　わたしの名前は半藤ですが、当時の言葉で「反動分子[*10]」という言葉が流行りまして、「お前は本当に反動分子だな」と言われたもんです。

「もういっぺん戦争して、今度は勝つつもりで勉強しているのか」と思った人もいたようでしたけれど、そうではなかったんですね。もう少し真面目に、どうしてこういうことになったのかということを、いまのうちに調べておこうと思ったことは事実なんです。

　それに、わたしが出版社に入ってちょっと経ってからですが、伊藤正徳さんという、昔の海軍記者で、戦後はベストセラーの『連合艦隊の最後』とか、『大海軍を想う』『軍閥興亡史』とか、そういう本をお書きになっている方の担当になりまして。

　伊藤さんが『大海軍を想う』を書いているときですが、戦争を戦った提督とか将軍がまだたくさん生きていたので、伊藤さんの紹介状をもらって、代わりにその人たちに会って、いろんな話を聞いてきてくれということで、たくさんの人に会いに行ったんです。

――取材ですね。

半藤　取材です。伊藤さんの代わりの取材です。それで、会いに行って話を聞いて帰ってきて、当時はテープレコーダーなんかありませんから、メモしてきたやつをまとめまして、レポートにして伊藤さんに提出すると、伊藤さんがこれを読んで、「半藤君、これは違うよ。この人、君が何も知らないと思って嘘をついているよ」と。「わたしから見ると、このとき、この立場に、この人はいなかったんだよ。したがって、このときにこんなことを知っているはずがないんだよ。これは後知恵だよ」といろいろと指摘されるんですね。

それで、これは駄目だと。こっちにある程度の知識がないと、取材しに行っても、何を言われてもわからない。何を言われてもわからないということは、要するに、取材にならないということで、こっちもある程度勉強していかないと、本当のことは聞けないということがわかったんですね。

――真偽をその場で断定できるだけの知識がないと駄目なのですね。

半藤　ですから、それで勉強せざるを得ないということもあったんです。そういう意味で、たくさんの勉強をしました。昭和三十年前後ですから、そんなにたくさんの文献はまだないですけれども、いくらかはありましたから、専らそれを積み上げてコツコツ勉強したんですね。

伊藤さんが、昭和三十七年（一九六二年）にがんでお亡くなりになるのですが、そのとき、まだちょっとお元気なときにお見舞いに行ったら、「半藤君、君、せっかくここまで勉強したんだから、このまま続けたほうがいいよ。これは非常に貴重なことなんだから、将来の日本のために歴史というのはやったほうがいいよ」と言われて。それはそうだと思ったし、わたし自身も、このままやめるのはもったいないと思ったから、延々と続けちゃったんですね。

誤った選択を繰り返した日本

――では、話を昭和史に移したく思います。半藤さんから見て、太平洋戦争、あれはなぜ起きてしまったのか。

半藤　これはひとことで言うのはなかなか難しいんですが、簡単に言ってしまえば、その時々で、日本は政策の選択を迫られたわけですけれども、いろんな局面で選択を迫られたときに、昭和史の選択というのは、本当に間違った選択を次から次にしたと思います。

たとえば、満州に日本が傀儡《かいらい》政府をつくったことに、当時の国際連盟が猛反対をして、日本軍は満州国からいっぺん下がれという勧告をするわけです。そのときに、日本にはどういう選択肢があったかと言えば、言うとおりにいったん下がって、国際連盟の判断に任せて、というやり方があります。それから、国際連盟に日本が懸命に訴えて、この満州国を育てるためにどうすれば一番いいかということを世界の国に訴えることで、国際連盟の中で頑張るということもある。

ところが、そこで日本は「国際連盟から脱退する」、世界を相手にしない、「俺たちは俺たちの道を行く」と言って脱退するという選択を採るんです。上に立つ政治家が誤っただけではなく、マスコミもまた、みんながそれを誤った。国際連盟から脱退などというものは、むしろマスコミのほうが、当時の新聞ですね、「脱退せよ、そんなところにいつまでもいる必要はない」と新聞が煽っているんです。

それにまた国民が煽られて、「国際連盟、何するものぞ」「栄光ある孤立だ」「わが道を行く」と言って、みんなして熱狂するわけです。

そういうかたちで、一つ一つの大事な選択をよく考えずに、日本の生きる道というのは国際社会の中でどの道が一番正しいかということをみんなしてよく考えることをせずに、次から次へと強硬路線を採って選択を誤っていったことで、世界中を相手に戦争するかたちになったんだと思います。

――軍部が独走したということだけではないと。

半藤　だけではないですね。軍部の独走ということはしきりに言われますけれども、軍部の独走だけでは、あそこまでは行かないですよ。やっぱり、政治のほうもだらしなかったし、国民、世論もだらしなかった。だらしないという言い方はいけないですね、それぐらい誤ったと思いますよ。

戦後の占領政策はどうだったか

――次に戦後の日本について伺ってまいります。まず、焼け跡からの出発だったのですね。

半藤　そうですね。廃墟からの出発とわたしらはよく言いますけどね。わたしはあの当時、長岡におりましたから、長岡も八月一日に空襲を受けて、やっぱり、その状態だったんですね。

――日本中がもう焦土、焼け野原。

半藤　ええ、焦土と言いますか、主な都市がほとんど焼けたんですね。

――当時の人口が七千二百万人ということなのですが、大変な損害を受けた。

半藤　そうですね、一割以上の人が焼け出されたんじゃないでしょうかね。死んだ方というのは、なかなか、数が数えられないんですね。

――「終戦までに亡くなった方」ということですね。

半藤　ええ、終戦まで。一家全滅の方がいますから。何人死んだかわからないんですね。大ざっぱに、たとえば、下町で三月十日は十万人と言っていますけれども、正確な数はいくつかというと、たぶん、わからないでしょうね。

――行方不明のままの方もいらっしゃるわけですからね。

半藤　そうですね、どこへ行ったかわからないままで。

――その後は、食うや食わずだったとよく言いますね。

半藤　これはおもしろいことに、戦争中は食うや食わずかと思ったら、そうでもないんです。戦争中は、国家が一所懸命になって、本当に無理して配給[*11]がけっこうあったんですが、戦争が終わったとたんに、配給なんてほとんど駄目になりましたから。

――それは、なぜですか。戦争が終わって、もう世の中が平和なのに、なぜ食べ物がないのでしょうか。

半藤　戦争が終わってからのほうが、ひどかったんですよ。わたしなんかも、腹が減って

腹が減って。新潟県長岡にいたときには、眠れなくて、天井を見ながら、頭に浮かんでくるのは全部食い物ばっかりでしたね。パンだとか、お汁粉《しるこ》だとか、バナナとか。食べたいと、とにかく何でも浮かんでくるんですよ。

そこで、どうしても眠れなくなると、しょうがないんで、食い物に関係のないことを一所懸命に頭の中で考えるんですね。そのときに一番いいのは、月旅行なんていうことを考えるんです。お月様に旅行するという話。そんなこと、いまならあり得るでしょうけれども、当時はあり得ません。つまり、あり得ないバカバカしいことを考えていないと、全部食い物に戻ってくるわけです。

――そんなことを考えていないといられないぐらい。

半藤　いられませんでしたね、それぐらい、本当に。食事のときにお椀を覗き込んで、「あれ、今日はスープに貝がいるわ」と思ったら、自分の目玉が映っていたという。

――おすましも、何も入っていない。

半藤　何も入っていない。つまり、本当にそういうものを食べていましたね。たとえばサツマイモの蔓《つる》ですね、いまになれば食えたもんじゃないですけれども、そういうものしか食えなかった。終戦直後の昭和二十年、二十一年、二十二年（一九四五～四七年）ぐらいまでは、本当にひどかったですね。

――日本全体を見ると、いよいよ日本という国が、生まれてはじめて占領下に置かれるということですね。どんな占領政策でしたか。

半藤　ポツダム宣言に書かれていることは、わたしたちも承知していたんですね。たとえば、戦犯の裁判[*12]をおこなうとか、財閥は解体[*13]するとか、それと特別高等警察[*14]ですね、上から押さえるああいうものは解体するとか、そういういくつかのことは承知していたんですね。

――そうすると、意外だと思われたところはありますか。

半藤　まず、わたしは新潟県の農家にいましたから、農地改革[*15]ですよ。この農地改革というのは、おそらく、日本の政府がやろうとしてもできないです。あれはＧＨＱ[*16]の指令によるという、ものすごいお墨付きがあったからできた。

　戦後日本というのは、ことによると、農地改革というのがなければ、こんなに繁栄しなかったかもしれませんね。あれで、すっかり農村地帯は民主化されましたし、明るくなりました。

――小作だった人が自分の土地が持てたりしましたね。

半藤　ですから、働く意欲もどんどん出てきたというかたちになりますから。あの農地改革なんていうのは、押しつけといえば押しつけですけれども、よくやりましたね。

それと婦人参政権[*17]ですね。女性に選挙権を。あれはびっくりしましたね。

――驚きましたか。

半藤　わたしは驚きました。昭和二十三年（一九四八年）に中学五年生を終わって東京に出てきたときに、東京の女の人が髪を長くして、みんなきれいで。戦争中は髪の長い人はあまりいませんでしたからね。選挙権を持つとこんなにみんな偉くなるのかというぐらいに、元気で歩いていましたよ。

――堂々と歩いていましたか。

半藤　堂々と歩いていました。それはもう、東京に来て、「うわあ、日本の女性って美人が多いな」と、いまごろ気がついたというのはおかしいんですが、そう思いましたね。

――新潟から久しぶりに戻ってきたら。

半藤　そう、新潟から戻ってきたら。

――そういう、農地改革にしても、婦人参政権にしても、ずいぶんGHQはよいことをしてくれたように思いますが、国民はどう思っていたのでしょうか。

半藤　わたしは、かなりいいことをしてくれたと思いますよ。農地改革と婦人参政権と財閥解体と、そのへんは非常にいいことをしたんじゃないですか、日本の民主化のために。

――それは本当に、日本によかれと思ってしてくれたんですか。

半藤　さて、そこまで言われると、アメリカさんがそんなに親切だったかどうかわかりませんが。アメリカの最初の頃の政策は、とにかく徹底的にこの国をアメリカナイズするということでしょうからね。

　ですから、「民主化」という言葉、ひとことで言っていましたけれども、すごかったですからね。本当に次から次へと指令を発しましたから。とくに昭和二十年（一九四五年）の八月から十二月の間にボンボン指令が出てきました。たとえば、労働基準を早くつくれとか、特高警察のようなものは全部やめろとか、それから、政治犯を早く解放せよとか。最後に、十二月三十一日だと思いますが、日本の教育から、歴史と地理と修身《しゅうしん》*18を追放せよと。それで、昭和二十一年一月一日の新聞に、歴史教育、地理教育、昔の修身ですね、それは教えないと。

――修身はともかく、日本史も地理も、ですか。

半藤　全否定なんですよね。わたしら中学生たちは、「おい、歴史がなくなっちゃうんだ」

「俺たちは、これから試験が楽になるな」なんて言って喜んだんですが。

――どうしてそこまで徹底的に。それで実際に実行されたのですか。

半藤　実行したのではないですか。これはもう本当に指令でしたから。

――でも、いまは学んでいますね。どのタイミングで。

半藤　占領が終わったときではないですか※。（※一九四七年の六・三制発足とともに社会科が新設）

――終戦直後は、日本という旧態をとにかく壊滅的になくそうと。

半藤　そうですね。旧日本は全部なしにしようということですね。

――思想的に洗脳しようというか。

半藤　ええ、完全に洗脳しようとしたんじゃないでしょうか。軍国主義というもの、国家主義というものを徹底的に排除するというのが、ポツダム宣言にも書かれていましたし、その後の政策でははっきりと出していましたからね。

日本国憲法は「押しつけられた」のか

――一九四六年十一月の新憲法はどうですか。あれはやっぱり、アメリカの押しつけではないかと言う人がいまでもいますが。

半藤　押しつけと言えば、それは農地改革も婦人参政権も、あれもこれも、みんな、押しつけですよね。それこそみんな押しつけですよ。こっちのほうは、ほとんど議論もなしに、みんな受け入れたわけですね。

ただ、憲法そのものは、そういうような単純な押しつけじゃないんですよ。当然のことながら、ポツダム宣言をよく読めば、憲法を変えなければいけないとわかっていますから、日本の政府としてこれをやらなければいけないということもわかっている。

ところが、そんなに変えなくてもいいんじゃないか、必要なところだけちょっと変えればいいじゃないかというふうに日本のほうは思ったんですね。ＧＨＱはそうじゃないと。もっと根本的に変えることを要求していたんですが、日本はそれを察知していなかったですから、日本の案として、明治憲法（大日本帝国憲法）を全面的に直したような憲法ではなく、ちょっと手を入れた程度の憲法草案をつくったわけです。そしてＧＨＱに提出したら、「こんなものは認められない」と。

というよりむしろ、それもＧＨＱは最初にわかっているわけです。そんなものを出してくるのでは受け入れられないから、その前にこちらの案をつくっておこうというので、ＧＨＱが草案をつくったわけですね。それが、押しつけといえば押しつけになるのですが。

では、そのアメリカがつくった草案を、そっくりそのまま新憲法にしたのかというと、そうではないんですよ。幣原《しではら》（喜重郎《きじゅうろう》）内閣[19]から代わった吉田茂さんの内閣[20]が、それまではいわゆる大政翼賛《たいせいよくさん》会[21]の戦前の選挙の時代の議員だったのですが、昭和二十一年（一九四六年）四月に戦後第一回の総選挙が、それこそ、婦人参政権でおこなわれたんです。

——普通選挙法ですね。

半藤　そうですね、普通選挙法が始まって、そこで議員さんが選ばれた。その議員さんたちを相手に、吉田内閣が、アメリカから受け取ってきた草案に日本側からも手を入れて、それを議会に提出した。それで、議会でもって夏から秋にかけて、その憲法の草案をめぐって論戦が続いたんですよ。

日本国民が選んだ議員さんたちが、みんなして、アメリカからの憲法草案を一行一行、一条一条、論議したんです。ですから、そういう意味では、押しつけをそのまま全部いただいて、「はい、文句をいうな、これだ」と言ったのではないんですよ。

金森徳次郎[22]という当時の国務大臣、吉田内閣の憲法担当だったのですが、この方が答弁に立つこと、千三百何十回というのですよ。それぐらい、金森さんが丁寧に議員の質問に答えた。

――一字一句検討したということですね。

半藤　検討したわけですね、一字一句。それでできあがったものですから、結果的には、この憲法は、議会での反対派はわずか八票でしょう。賛成多数というより、圧倒的多数でした。

そういうかたちで、国民が選んだ議員さんたちが討議に討議を重ねて、あの新憲法をつくり上げたんですね。ですから、それを押しつけと言うのでは、わたしたち国民が選んだ議員さんたちを全否定しなければいけないですね。そうではないんじゃないかと思いますよ。

――その憲法を、半藤さんはどう思いますか。

半藤　わたしは非常にいい憲法だと思いますよ。細かいところを言えば、昭和二十一年の時点ですから、人権問題とかはいくらかあると思いますけれど、憲法そのものは実によくできていると思います。

あっけらかんと言ってしまえば、国民主権ということと、平和条項と、それと天皇象徴という、この三本が新憲法の柱なんですね。ほかにもありますけれど、この三つが骨子です。国民に主権があり、天皇は象徴的な立場になって主権がないと、これは非常に大事なところなんですね。
それともう一つ、その代わりに平和条項、戦争放棄の条項をアメリカ側は強く言ったわけですね。そうしないと、これはアメリカの言い分ですが、世界が納得しないと。どのぐらい日本が世界の国々に迷惑をかけたか。世界中の国を納得させるためには、やはり、日本はこれから戦争をしない国なんだということを、広く世界に表明しないといけない。

――憲法に掲げないといけないということですね。

半藤　掲げないといけない。世界の国が納得しないとなると、天皇の身柄も裁判にかけろとか、そういうかたちになってきて、今度は日本国民が納得しないことになると。

――東京裁判も違った方向に行くということですね。

半藤　そういうことですね。ですから、引き替え、取り引きと言ったらおかしいですが、そういうかたちで憲法が決められたところはあるんですね。

――そして、いよいよ、一九五一年のサンフランシスコ講和条約[*23]ですね。実は、これには大変な意義があると。

半藤　ええ。これは、当時生きていた人はみんな記憶があると思いますが、ものすごく言論界が、新聞も雑誌も含めて、日本中が大揉めに揉めたんですね。全面講和か、あるいは多数講和かということで。

全面講和というのは、共産圏の国々も含む、日本と戦争をした全部の国と講和を結びたいという立場。それから多数講和は、共産圏のソビエト連邦と中華人民共和国は、日本との講和条約に参加しない可能性があるから、そのときは外してもいいじゃないかと、とにかく早く多数の国と講和を結んだほうがいいという立場。この二つの論議があったわけです。

要するに、その背景には、アメリカとソ連の間の、いわゆる冷戦構造[*24]というのがあった。日本は、関係ないといえば関係ないんですが、その頃はアメリカがソ連と本当に対峙《たいじ》していましたから。ちょうど朝鮮戦争[*25]が終わる頃で、もうどちらかの傘の下に入らなければならないという状況ではあったんですね。

アメリカ寄りに行くのか、ソ連寄りに行くのかということで決するわけで、大論争があったんですが、結果的には、当時の吉田内閣が全面講和でなくて多数講和で講和条約を結ぶことによって、日本は独立国になります。それまでは占領下にある主権のない国ですけれども、ここで主権を持つ独立国家になる。それは同時に、どっちの陣営に入るかということを表明したときでもあるわけですね。

――そうすると、その立役者は、やっぱり、吉田茂さんですか。

半藤　吉田茂でしょうね。ですから、吉田さんの考え方の中では、日本の新しい、戦後日本の進路というのは、貿易国家、まず貿易によって国を支えていく、それから繁栄を目指す国家、同時に、軍備というものを放棄した平和国家で行くということを決めたわけですね。

――吉田茂さんにお会いになったことがあるそうですね。

半藤　ええ。吉田さんが亡くなるちょっと前ぐらいですけれど、編集者として出版社にいましたから、大磯の吉田さんのお宅へ伺って。

　そういえば、「閣下」と言ったな。「閣下、お元気そうですね」と言ったら、「うん、人を食っているからな」と言う。「おいしいですか」と言ったら「いや、まずいね」と言っていましたけどね。おもしろい人でしたね。そのときの記事が「私は隠居ではない」と、たしかそうだったと思います。

繁栄のかげで積み残したもの

――それでやがて、「もはや戦後ではない」という経済白書、これは昭和三十一年（一九五六年）ですね。

半藤　あれは、中野好夫[26]さんが「文藝春秋」に、経済ではなくて精神のほうで、日本人はいつまでも戦後におんぶしているなと、新しい国づくりをみんなしてやるんだという意味で、「もはや戦後ではない」と書いたのを、経済白書でそっくりもらって使ったんですね。これは、経済の面からも戦後という情けない状況から脱して、われわれは堂々と経済活動をやろうじゃないかということなんですね。

――そのとき、日本国民は自信に満ちて、そして豊かな国へと。

半藤　まだどうでしょうかね。実感としては、それほどまだ……、自信に満ちたかどうかという頃じゃないですか。正直言いますと、まだ何か戦後がきちんと清算されていないんじゃないかという思いがいくらかありましたからね。

というのは、要するに、アメリカの占領政策が大転換しましたから。いつのまにか、巣鴨に入っていた戦犯と言われていた人が世の中に復帰してきましたし。岸信介[27]とか、たちまち政治のトップに立って、総理大臣になるという状態がありましたから。この国はいったいどういうふうに変わっていくのかという思いを持っていた人もたくさんいました。ですから、自信を持って「国づくりだ」と言うのは、まだちょっと早いんじゃないでしょうか。

——その後、経済という道を驀進《ばくしん》し始めることに。

半藤　そのきっかけは、やっぱり、安保改定だと思いますよ。六〇年安保[*28]の騒動ですね、一種の政治騒動。あれまでは、やっぱり、日本人が気持ちを一つにしてこの方向で、ということではなかったと思います。

——そうすると、半藤さんにとって「戦後」というのはどのタイミングで終わっているのですか。

半藤　わたしが「戦後は終わったな」と思うのは、わたしの実感としては、やっぱり、安保騒動の後だと思いますよ。それまでは、いろんな思いの人がたくさんいましたから。

やっぱり社会主義国家にしたほうがよかったんじゃないかという思いの人もいたでしょうし、もっときちんと戦争責任というものを追及しなくてはいけなかったんだという思いの人もいたでしょうし。天皇陛下が戦争責任を取らないのはおかしいんじゃないかと思った人もいたと思います。戦後のいろんな思いが、まだ渦巻いていましたよ、ゴチャゴチャと。それがいっぺんに一つの政治騒動としてぶつかったのが六〇年安保なんですね。

——その安保では、いろんな意見を持っていた人々が、なぜ、一つのかたまりになって国会に突入したりすることになったんでしょうか。

半藤　うーん、これはまあ、本当に、うーんとしか言いようがないんですがね。

——結局、何を求めていたのですか。

半藤　要するに、岸さんに対する大いなる不信でしょうね。一つは、いつのまにか戦争責任のある人が総理大臣になっているという、その国家に対する不信でもあったと思います。その人が議会の承認も得ないで、バーッと突っ走って安保改定をするという。中身は、実はそんなに悪いことじゃないんですよ。ところが、それを勝手に自分で押し切ったというあたりに、国民的な不信がいっぺんに渦巻いたと思いますね。

それが一つにまとまってぶつかったんですけれども、人によっては、「俺はあんなもん、全然関係ねえ」という人もたくさんいました。とくに関西の人などは、ほとんど「知らねえな、そんなもん」という感じでしたね。

——そうなのですか。東京周辺の人だけの騒ぎと受け取られていたのですか。

半藤　あの場合はね。そのあとの七〇年安保[*29]とはだいぶ違いまして。六〇年は東京周辺だけじゃないですか。

それまでに政治的なゴタゴタがやたらにありましたから、政治の大紛争にはいい加減に飽き飽きした、くたびれていたんですね。それがあそこでバーンとぶつかって噴火したとたんに、「もう、政治はいいや」「政治の季節は終わったよ」と、みんなが、いっせいに思った。

わたしは当時、週刊誌の記者をやっていたんですね。会社が銀座にあって、すぐ裏に国会議事堂がある。あそこでもって大乱闘をやっているのに、わたしらは週刊誌ですから、次の号をつくらなきゃいけないということで、編集会議なんかをやっていました。

国会突入が六月十五日ですが、十七日か十八日ぐらいの編集会議のときに、いまでも覚えていますが、「半藤君、次の号はこれでやってくれたまえ」と言われて。何だろうと思ったら、「デモは終わった、さあ、就職だ」という特集でやってくれと言うんです。驚きましてね。「まだ後ろで余燼《よじん》がくすぶっているときに、もう就職の話ですか」と言ったら、「そうだよ、これからは日本人、みんな、そっちに向かうよ」と言っていました。あの判断は正しかったですね。

——一九六〇年、昭和三十五年は高度経済成長[*30]ですから。

半藤　昨日まで、あのときはまだゲバ棒[*31]なんて言っていませんでしたけれども、プラカードを掲げた人たちが、次は真面目な経済戦士になっているんですから。本当に、あそこからですね。戦後日本の国家目標が、とにかく国家復興、復興が終わったから今度は繁栄というかたちにはっきりと向いて、足並みが揃いだしたのは。

——高度経済成長期というのは、みんな、頑張ったと思います。わたしの父たちの世代が、みんな、一所懸命に働いた時代。

半藤　率直に言って、本当によく働きましたよね。

——どう評価されますか。それがまさにこんにちまで繋がっていると思いますが。

半藤　繋がっているといえば繋がっているんでしょうね。でも、何かちょっと、きちんと解決しておかなければならない問題がまわりにあったのに、とりあえず後回しにして走ったというところがあるんじゃないかと思うんですね。

これは、明治の時代がそうなんですね。明治の時代の日本人というのは、たしかに富国強兵という国家目標をめがけて、一所懸命に走ったんですね。その代わりに解決しておかなければならない、いろんな問題があったのを全部後回しにして、とにかく国家は強く、富んだ国家にしようというので走ったんです。

そのツケが大正、昭和に回ってきて、結局、うぬぼれ、のぼせた国家を滅ぼしてしまうというかたちになった。戦後日本も、わたしらは一所懸命働いて、たしかに走った。経済大国をつくる、とにかくわれわれはもっと繁栄しなければならないと。復興から始まって、走って、走って、走って、見事に経済大国をつくったんですよね。

——真面目でしたよね。

半藤　真面目でした。だけれども、何らかのかたちで、本当はやっておかなければ、詰めておかなければならない問題を全部後回しにしたことはたしかですね。

——その積み残しとは何でしょうか。

半藤　一つは、たとえば教育ですね。なんだか日本の教育はフラフラしていますよ。それと同時に、公害とか、差別とか、いま流行の環境問題とか、わたしたちの身の回りにある、きちんと整理しておかなければいけないこと。もう一つ言えば、家庭というものの崩壊ですね。

——核家族化というものが急速に進みましたしね。

半藤　ものすごく進みましたね。核家族というのは素晴らしいことのように進んだんですが、あれはまことによくないことだと、いまになると思いますよ。もっと早めにみんなして考えて、手を打つべきは手を打っておかなければいけなかったと思います。

「昭和」から何を学ぶか

——平成も二十年（二〇〇八年）になり、本当に昭和自体も遠くなってしまったということですけれど。

半藤　ですから、わたしたちがどんなに一所懸命働いたかなんてことは、それは平成の人たちから言わせれば、お互い、そんなに差別も格差もなく、みんなして一緒になっていい思いをさんざんしたんだろうと言われるんですね。

それに対して「俺たちを見ろ」と言われると、「そんなにわたしたちはいい思いをしたかな」と思うこともありますけれど。でも、たしかに、みんなして一緒になって、ワッショイワッショイと坂の上を駆け上がっていったことはたしかでしょうね。

——平成のいまの時代が、どう見えますか。

半藤　うーん、まあ、皆さん、それぞれが個性的になったと言えば個性的になったと、ほめて言えばそうですが、人間が、つまらなくなりましたね。やっぱり、みんな、小さいですね。とにかく、自分で創意工夫して、「俺が新しいものをつくってやる」なんていう気概があまりないですね。

——いまのこの日本の、非常に先行きが不透明で、隣人もよくわからないという、こんな国家にするために、あの敗戦を体験し、あれだけ頑張ってここまで戻してきたのだろうかと、その怒りというか、これでよかったのだろうかという思いはありますか。

半藤　その思いは、いまはものすごくありますね。でも、さっきも申しましたとおり、やっぱり、わたしらは大事な問題を解決してこないで、置きっぱなしにしてきちゃったんですね。そのツケが全部、いま回っているということはたしかだと思います。だから、正直な話、申し訳ないという思いもいくらかありますね。

——では、申し訳なさついでに、どうしたらいいでしょうか。

半藤　やっぱり、国家というのは自分たちの生きている国ですから、その国を、とにかくしっかりとしたものにしないと、わたしたち個人の生活もしっかりしたものにならないんですよ。

　だから、どうしたらいいかと聞かれれば、みんなして国家というものをこれからどういうかたちに持っていくかということを、とにかく考えて。みんなして、ですよ。もう、ジジイとババアはいらないです。わたしたちはいなくてもいいから、自分たちで考えて、国家目標というものをもういっぺん、自分たちできちっと立てなければ駄目ですよね。「政府に任せておけば」なんて思っていては駄目ですね、やっぱり、国民がみんなして、どういう国をこれからつくっていくのかということを本気になって考えなければ駄目だと思うんですよ。ところがいま、じいさん、ばあさんを含めても、それを打ち出せるだけの素晴らしい人間がいなくなりましたね。

――リーダーシップを執《と》って発言していく人というのがいなくなりましたね。

半藤　いなくなりましたね。政治家も含めて。要するに、それだけ日本人のレベルが下がったんですよ。わたしはよく、「リーダーによい人がいないのはどうしてですか」と聞かれるけれど、日本人のレベルが下がったから、リーダーだって下がっているんです。日本人のレベル全体を上げなければいけないですね。

――何をもってレベルを上げられますか。

半藤　やっぱり、勉強ですよ。勉強しなければ駄目ですよね。本を読む、それから、外国旅行も買い物に行くのではなくて、学ぶものがたくさんあるんですから、学んでくるというかたちで行く。やっぱり、みんなして勉強しなければ駄目です。

結局、教育によって国というのは立つんですよ。経済によっては立たないんです。教育によって立つんですから、いまからでも、まだ間に合うと思いますよ。だから、みんなして、もういっぺん勉強するんですね。わたしらジジイたちは、よく勉強したし、よく遊んだし。よく働いた、そう思いますよ。

——修身はいいけれど、歴史と、地理とか、勉強することがあると。

半藤　修身はどうでもいいけれど。歴史とか、読み書きとか、要するに常識的というか、もっと簡単な言葉で言えば、論理的にものを考えることができる能力をきちっと教育で養わないと駄目ですね。教育というのは、何かのろい感じですけれども、十年経つとずいぶん変わります。しっかりとしたものに変えれば、十年経てば、日本の国はどっちに向こうとしているのか、ある程度決まりますよね。そういうかたちで、まだ間に合うと思うんですが、間に合わないかな。

——ずっと昭和史を研究してこられて、そして、その結果としてのこの次の世代へ提言をいただくとしたら。

半藤　やっぱり、日本人の一人一人、全部とは言わないけれども、ある程度の人が「無私」、「私を無くす」という、無私の精神を自分の心の中にもう少し持つようにしたら、ずいぶん違うと思いますよ。ところが、いま、みんな「私」ですからね。

——個人主義が行き渡りすぎましたね。

半藤　ええ、少し行き渡りすぎましたね。人間は一人では生きられないんですよ。本当に言うと「和の精神」というのは大事なんですけれどね。和の精神とか、無私の精神というものを、日本人はもう少し持たないと、やっぱりいけません。でも、利口そうなことを言っていますけれども、わたしなんかは一番、和の精神もない時代がありましたからね。

――最後に伺います。「昭和」から何を学んでいきましょうか。

半藤　いまからですか。

――そうですね、昭和から何を学ぶべきか。

半藤　わたしたち日本人は、小さい殻の中に入っていないで、表にダーッと発言することができるはずですから、もう少し発言をしたほうがいいと思うんです。

とくに戦後日本を考えると、平和国家であるという日本は、六十年間、とにかく戦争をして人を殺したこともないし、戦争によって死んだということもない。そういう民族というのは、おそらく日本人だけなんですよ。

その民族が、やっぱり、いまこそしっかりと発言すべきなんです。「戦争はよくないですよ」ということだけでもいいんです。日本人がみんなして、外に向かって声を大にして、もう少し発言するぐらいの気概を持ってもらいたいですね。そうすると、ずいぶん違ってくると思います。

＊1　**学徒勤労動員**　日中戦争・太平洋戦争下の労働力不足を補うため、生徒・学生らが食糧生産や軍需工場での作業に動員された。一九三八年には年間数日ほどだったが、四三年に年間四か月、四四年には通年となり、四五年には国民学校初等科以外の授業は停止された。

＊2　**ポツダム宣言**　米・英・ソによるポツダム会談で決定され、一九四五年七月二十六日、米・英・華（中華民国）の名で発表された対日降伏条件。日本の軍国主義の駆逐、連合国の日本占領などの条件をあげていた。日本政府は原爆投下、ソ連参戦後の八月十四日に受諾、翌十五日正午にラジオの玉音放送で国民に伝えられた。

＊3　**サイパン島、グアム島が陥落**　両島とも太平洋戦争の当初は日本軍の前進基地だったが、米軍によりサイパン島は一九四四年七月、グアム島は同年八月に制圧された。米軍がここに航空基地を建設すると、日本本土のほぼ全域が大型爆撃機Ｂ29の行動範囲に入った。

＊4　**供出**　金属類の回収は、一九三九年の官庁などのマンホールの蓋など十五品目に始まり、四三年には金属類回収令が改正され、官・民所有の鉄・銅のほか金銀類にも及んだ。その後、銅像や寺社の梵鐘、家庭の鍋・釜、ブリキのおもちゃなどまで供出させられた。

＊5　**二宮金次郎**（一七八七〜一八五六）　江戸時代の農政家。諱（いみな）は尊徳。中堅農家に生まれるが家運が傾き十代半ばで両親を失う。二十四歳で一家再興。背中に薪を背負い（勤労）、本を読み（勉学）、一家再興に励む姿は、修身教育が理想とする人物像だった。

＊6　**疎開**　都市空襲の被害軽減のため、人や軍需工場・資材などを各地に分散させること。政府

は一九四四年六月、本土空襲に備えて人の疎開を「強力ニ勧奨スル」が、地方の親戚などを頼る縁故疎開だけでは不十分なため、国民学校児童の集団疎開が始まった。

＊7 **国民皆兵**　国民すべてが兵役に服する義務を負うこと。一九二七年制定の兵役法では十七～四十歳の男子を兵役義務者としたが、四五年六月の義勇兵役法は十五～六十歳の男子、十七～四十歳の女子を対象とし、本土決戦に備えた。

＊8 **焼夷弾**　火炎と高熱によって人を殺傷し、建造物を焼き尽くす爆弾・砲弾。油脂・テルミット・黄燐などの焼夷剤を弾体に入れる。米軍が日本空襲で用いたのは油脂焼夷弾で、弾体を集束した親弾が上空で分解し着弾すると発火した。

＊9 **九十九里浜へ上陸**　米軍の日本本土上陸作戦は、一九四五年十一月一日に南九州へ上陸し航空基地建設（オリンピック作戦）、翌四六年三月一日に九十九里浜、相模湾から上陸し東京制圧（コロネット作戦）という計画だったが、四五年八月の日本降伏により作戦は中止。

＊10 **反動分子**　改革や革命などの歴史の流れに逆行し、旧体制の維持や復活をもくろむ者。

＊11 **配給**　日中戦争開始後、綿糸・重油・鉄鋼など生産資材の配給制度が始まるが、生活物資については大都市を中心に一九四〇年のマッチ・米の配給に始まり、太平洋戦争開始後は統制がさらに強化されて全面的配給制となった。

＊12 **戦犯の裁判**　極東国際軍事裁判（通称「東京裁判」）では、侵略戦争をおこない「平和に対する罪」（A級犯罪）を犯したとして二十八名のA級戦犯が起訴され、彼らの「人道に対する罪」（C級犯罪）、「通例の戦争犯罪」（B級犯罪）についても併せて審理がおこなわれ、東

条英機ら七名の死刑判決などが下された。

＊13 **財閥は解体**　ＧＨＱの指令によっておこなわれた経済民主化政策の一つ。一九四五～四七年にかけて持株会社（財閥本社など）の解体・整理、財閥家族の経済界からの追放がなされ、四七年には独占禁止法と過度経済力集中排除法が制定された。

＊14 **特別高等警察**　略称は特高。一九一〇年の大逆事件を契機に警視庁に設けられ、二八年までに各県に設置。社会主義・共産主義運動や労働・農民運動の取り締まりに当たったが、日中戦争開始後は反戦・反軍活動や庶民の言動にまで目を光らせた。四五年十月、ＧＨＱの指令により解体された。

＊15 **農地改革**　ＧＨＱの指示によっておこなわれた経済民主化政策の一つ（一九四五～五〇）。不在地主の小作地はすべて、在村地主の小作地は一町歩（＝約一ヘクタール、北海道は四町歩）を超える部分を国が買い上げ小作農民に売り渡した。これにより小作地の八〇％が解放された。

＊16 **ＧＨＱ**　ポツダム宣言に基づいて日本占領政策を進めた連合国最高司令官総司令部のこと。沖縄や小笠原諸島など直接軍政が布かれた地域もあったが、日本本土ではＧＨＱの出した指令や勧告に基づき日本政府が政策を実行する間接統治がおこなわれた。

＊17 **婦人参政権**　一九四五年十二月、ＧＨＱの指令により衆議院議員選挙法が大幅に改正され、女性にも参政権（選挙権と被選挙権）が認められ、翌四六年、戦後初の総選挙がおこなわれて三十九名の女性議員が誕生した。

＊18 **修身**　明治期から太平洋戦争敗戦時までの道徳教育の科目。当初は近代市民的道徳を育成する側面も持っていたが、とくに満州事変以降は超国家主義的色彩が濃いものとなり、一九四五年、GHQの指令により授業停止、四七年の社会科発足によって廃止された。

＊19 **幣原**（喜重郎）**内閣**（一九四五・一〇・九〜四六・五・二二）　マッカーサーは幣原に対し五大改革（婦人参政権、労働組合の奨励、教育・圧制的諸制度・経済の民主化）を指示、憲法の自由主義化を示唆。幣原は選挙法の改正など諸改革を進めるとともに、改憲案を提出するがGHQに拒否され、GHQ草案をもとに「憲法改正草案」を作成し国民に発表した。

＊20 **吉田茂さんの内閣**（第一次、一九四六・五・二二〜四七・五・二四）　一九四六年の衆議院選挙後に吉田内閣が成立、憲法改正を大きな任務とした。第九十回帝国議会において帝国憲法改正案は六月二十日に衆議院へ提出され八月二十四日に修正可決されたあと、十月七日には貴族院での修正案を衆議院が可決し成立。十一月三日公布、翌四七年五月三日施行。

＊21 **大政翼賛会**　一九四〇年に組織された官制の国民統合組織で、全政党は解党してこれに参加。四二年の第二十一回衆議院議員総選挙で翼賛会推薦議員三百八十一名、非推薦議員八十五名が当選し、全員で翼賛政治会を結成。幣原内閣時の衆議院議員はこの翼賛選挙の当選者、第一次吉田内閣時の議員は女性も参加した第二十二回選挙の当選者。

＊22 **金森徳次郎**（一八八六〜一九五九）　一九三四年、法制局長官に就任。天皇機関説の立場に立つとして右翼・軍部の攻撃を受け三六年退官、以後公務につかず。吉田の懇請で憲法担当大臣に就任し議会での政府答弁をほぼ一手に引き受けた。

＊23 **サンフランシスコ講和条約**　占領下から脱し独立国として再出発するため一九五一年に連合国四十八か国との間で調印された条約（ソ連など三か国は調印拒否）。吉田は同日、日米安全保障条約にも調印。こうして西側陣営に属し、日米安保条約と自衛隊（当初は警察予備隊）による国土防衛、通商国家としての発展という日本の基本路線が確立。

＊24 **冷戦構造**　第二次大戦後から一九八〇年代末まで続いた、アメリカを中心とする自由主義陣営とソ連を中心とする社会主義陣営との対立構造。朝鮮半島やベトナムなどで熱戦化したことはあるが、両陣営間の全面戦争は生じなかった。

＊25 **朝鮮戦争**　一九五〇年六月、北朝鮮軍が三十八度線を越えて韓国側に侵攻、米軍を主力とする国連軍が派遣される。国連軍が中国国境付近まで北上すると今度は中国義勇軍が参戦、以後三十八度線付近での戦いが続き、五三年七月に休戦協定が結ばれた。

＊26 **中野好夫**（一九〇三〜八五）　昭和期の英文学者・評論家。シェイクスピアなどの英文学研究で知られる学者だったが、五三年に東大教授を辞任し評論活動に入る。沖縄問題や六〇年安保反対運動など戦後民主主義運動に深く関わった。

＊27 **岸信介**（一八九六〜一九八七）　昭和期の官僚・政治家。一九三六年に軍部の要請により満州国実業部次長、四一年に東条英機内閣の商工大臣、四二年の翼賛選挙で当選。戦後は公職追放、A級戦犯として逮捕・収監されるが、四八年に不起訴となり釈放。五三年の総選挙に当選、五七年に内閣総理大臣に就任し、六〇年に日米安保条約改定を強行したあと内閣総辞職。

＊28　**六〇年安保**　岸内閣は日本の防衛力強化、「対等」な日米の「相互」安全保障条約への改定を目指したが、日本がアメリカの世界戦略に巻き込まれるとして、社会・共産両党・総評（労働組合）・全学連（学生）・一般市民らの改定反対運動が起こり、連日デモ隊が国会を取り巻いた。

＊29　**七〇年安保**　一九六八年から全共闘（学生）を中心とする大学紛争が全国に拡大、社共両党の反安保運動も起こるが、両者の統一行動は起きないまま六九年に大学紛争が鎮静化。七〇年、日本国民の関心が大阪万博に集まるなか日米安全保障条約は自動延長。

＊30　**高度経済成長**　敗戦から十年後の一九五五年に始まり、神武景気（五五〜五七）、岩戸景気（五八〜六一）、オリンピック景気（六三〜六四）、いざなぎ景気（六六〜七〇）と続き、七三年の石油ショックで終わった。一〇％前後の成長率が二十年近く継続。

＊31　**ゲバ棒**　「ゲバ」は「ゲバルト（力・暴力）」の略、「ゲバ棒」は一九六七年に初めて使われたとされる用語。六〇年代後半以降の学生運動で機動隊との衝突などで使用された武器、多くは建材用の角材が用いられた。

「半藤昭和史」を見る(2)
——三本の柱と梁から成る「歴史館」

保阪正康

この章は、半藤史観の原点の記憶が語られている。いわば基本的視点になるのだが、「半藤史観」とはどういうものか、を理解するのにもっとも適切な証言だとも思う。前の章の解説でも触れたのだが、半藤史観について、私の見方でもう少し詳しく解説しておきたい。この歴史観は多くの人に理解される必要があるように思う。

半藤の歴史観は「歴史館」にたとえるとわかりやすいのではないか。一つの建物と考えるのである。この建物は三本の柱から成り立っている。次の柱だ。

①庶民、市民の側に立つ姿勢を崩さない。

②わかりやすい表現、文体にこだわる。

③実証主義的手法に徹し、史実を守る。

この三本を柱にした場合、これらの柱をつなぐ梁《はり》もあるわけだが、その梁を私は以下のように考えるのである。

①二度と繰り返してはならない戦争。

②真理は細部に宿っている。

③「絶対に」という言葉は使わない。

この三つが梁の役を果たしていると私は分析している。半藤と対話をしているとわかるのだが、三本の柱、三本の梁によって、半藤の歴史館は出来上がっている。同時に屋根は「好奇心」とか「愛すべき人柄」によって、社会と接しているように思えるのである。

この歴史館はコンクリートでできているわけでなく、木材を組み合わせながら建てられているとも思う。多くの人に愛される建物になるであろうし、またこれからの次世代に愛される歴史館ではないだろうか。

こう書けばわかるように、この章はこの歴史館の頑丈な基礎工事の役を果たしている。私は半藤が、ある時期まで自らの十五歳時の戦時体験を全く語ろうとしなかったことに、不思議な感がしていた。「確かに私も生きるか死ぬかという状態であった。でも私より何倍もの酷《ひど》い目に遭っている人がいる。そういう人たちの体験こそ大いに話してもらいたいんだ」と繰り返していた。自分などが前面に出るべきではないとももらしていた。しかし平成に入ってのある時期から、積極的にここで話している体験を話すようになった。

私の見るところ、半藤には心理的な葛藤があることがわかった。その一つは、東京大空襲の被災者が死を迎える年齢で、証言ができなくなったことだ。あの体験を話さない、いや話せない。そういう苦しさを幾つか確認したのであろう。半藤は、せめて健康に自信がある自分が引き受けなければと強い責任感を感じるようになったようだ。そういう話を口にするときの半藤は、自分が話さなければと使命感を持っていることを隠さなかった。

あえてもう一つ挙げておこう。半藤は、戦争体験もないのに戦争を語るなんて、と言われたときには、心中で激昂《げっこう》したと語っていた。半藤の証言や怒りは戦争を頭で理解して語っているのではなく、自らの生きるか、死ぬかの体験の中から生まれたのであり、それは歴史的遺産と言ってもいいのではないかと思える。

前述の三本の梁の一つは、「絶対に」という言葉は使わない、ということだが、このことについて、半藤は東京大空襲の後に、自分の家に戻ってきたときの光景を見つめてもう二度と、「絶対」という言葉を口にしない、と決意したと明かしている。十五歳の時に決意したこの信念は、九十歳で亡くなるまで続いた。私は何度も半藤とは対話を続けたが、彼がこの言葉を口にしたことはない。実は私も半藤の影響ということになるのだろうが、「絶対」とか「完全」という言葉を使わない。実際に史実を確認していると、この二つの言葉は歪《ゆが》みの伴う歴史観に傾くことが理解できるのである。

半藤の歴史館の土台にあるこの章で、あえて注目すべきことが、やはりこの章には盛られている。半藤の憲法観が語られている。現在の憲法は、「国民主権」「平和条項」「天皇象徴」の三本柱があるとの指摘である。日本が戦争をしない国であることを世界に宣言することがいかに大切かをこの憲法は訴えていると主張している。この考え方は、半藤に限らず戦争体験者には多く見られる意見でもある。私はもとよりこの考え方に賛成、共鳴もするのだが、この考え方をさらに補完していくと、半藤の歴史館の土台がよりはっきりと見えてくる。そのことを語っておかなければならない。

私は半藤と、この憲法を百年持たそうという運動を進めていた。運動といっても実際には、二人で進めていただけで事務局があったり、綱領があったりという組織ではない。講演の折に話す時間があるならば、「この憲法を百年持たせたらいいのではないか。そうすればこの憲法の精神は国家そのものの意思になる」というセリフを口にしようと決めていた。この章のもとになった二〇〇九年八月の放送時にはまだそうした約束はしていなかったのだが、やはり解説の中では触れておく必要がある。

私と半藤の憲法観は、この憲法を百年持たせたならば、不戦、非戦は国家の意思になるのではないか。欧米風に百年（センチュリー）という単位で事象と向き合えば、それは国家そのものの意思になるという考え方だ。国家の意思になれば国際社会でも公然と認められるはずである。そのような国になること、その手段になりうるというのがこの憲法であるとの認識を共有することが意味を持つ。それが半藤と私の同意点でもあった。

この考え方は、護憲や改憲とも異なる。有《あ》り体《てい》にいうならば、時限付き憲法論とでも言いえようか。私も半藤も表立って公言していたわけではないので、あまり知られることはなかったのだが、それでも両者の考え方はこの言葉に反映されているように思う（ちなみに二人の対談『憲法を百年いかす』は筑摩書房から刊行されている）。

そしてもう一点、半藤はこの章で重要な指摘をしている。いわゆる「六〇年安保騒動」を戦前の清算と絡めて論じているのである。半藤は、この騒動の後に戦後の感覚は終わったなという印象を持ったというのであった。これは私も実感として味わった。この六〇年安保は本質的には日米安全保障条約そのものへの反対、反発ではなかった。実際に条約に目を通した者はほとんどいなかったであろう。したがって反対論も「岸内閣を倒せ」といった倒閣運動の意味合いが強かった。私は京都の私立大学生であったが、周辺はそのような空気であることはよくわかった。

半藤の言う次の点が、六〇年安保騒動の本質である。これに尽きている。

「要するに、岸さんに対する大いなる不信でしょうね。一つは、いつのまにか戦争責任のある人が総理大臣になっているという、その国家に対する不信でもあったと思います」

岸を退陣させたことで、反対のエネルギーは消えていく状態になった。つまり運動は一気に収束したのである。この収束はある意味で極めて劇的であった。岸の後に誕生した池田勇人《はやと》内閣は、本来ハト派的政治家とは言えなかったのに、「寛容と忍耐」という言葉を用いて、高度経済成長の方向に舵取りを行った。いわば政治の季節から経済の季節へと転換したとも言えた。これは半藤も指摘することであったが、このような儀式を日本社会は必要としていたのである。戦争責任を問うという儀式であったが、このような儀式を経ることで、実は日本人、あるいは日本社会の、戦争との社会心理的な整理が終えたということであった。

　実際にこの「六〇年安保騒動」の後、昭和史の前半の歴史、なかんずく太平洋戦争のより精緻《せいち》な分析がさまざまな世代によって、あるいは思想的立場によって行われることになった。昭和史探求の裾野が広がっていったのである。これ自体、この社会の真っ当な流れだったように私は考えている。半藤はこの流れを編集者として体験し、やがて自らその渦中に入り昭和史の見方を私たちに提示したというべきであった。なぜ安保騒動の後に昭和史ブームが起きたのか。

　そのブームは松本清張の『日本の黒い霧』（占領期におきた不透明な事件を扱っている）

やそれに続く『昭和史発掘』などによって火がつく形になり、それらはいずれも文藝春秋の雑誌に掲載された。文藝春秋は自社のメディアをフルに使って昭和史ブームの先導役を果たしたのだ。半藤は中堅社員としてこうしたブームの渦中で、企画、取材、執筆に全力を投入している。半藤と文藝春秋という会社が見事にマッチングしたとも言えようか。

もう一度ここの章の解説で明かした半藤の歴史館を想起してもらいたい。「半藤歴史館」には三本の柱が立っていると書いたが、いわゆる昭和史ブームの中で誰でもが理解できる表現や文体は、文藝春秋の編集者として身につけたと言っていいだろう。半藤の著作は、基本的には多くの庶民に読んでもらうという視点で書かれている。研究者やアカデミズムの筆者のようには書かないという鉄則は、半藤作品の全てに通じている。さらに難解な用語や専門用語は出来るだけ避けるというのも自らに課していた約束事である。

しかし三本の柱の中で重要なのは、実証主義的な手法を守り抜いたことである。歴史書というのは、演繹的な手法で特定の史観に依拠した方が好都合である。都合の悪い史実や視点は無視、ないし捨て去り、自らに都合のよい史実を持って記述した方が歴史書としての価値があるとして斯界《しかい》では重きをなすことがある。そういう手法が学問的ということにもなるのである。そんな風潮に対して半藤は抵抗を続けたと言ってもよいであろう。私もまたそのように考えて半藤と同じ側で史実を検証してきた。

本章に盛られている半藤歴史館の一端を元に、さらにその館の内部を点検してみるといいだろう。含蓄《がんちく》に富む半藤昭和史の正直な素顔に接することが出来るはずである。

三、大きく変革するときに、人間というものは正体を現すんですよ

（ラジオ深夜便「戦争とわたし」２０１０年８月12日、13日）

なぜ自分の経験を話しておこうと思ったか

――『15歳の東京大空襲』（ちくまプリマー新書、二〇一〇年）は、戦争について、まさに半藤さんご自身の体験的戦争を軸にお書きになっていらっしゃいますが、あえていま、この時点で書こうとお考えになったのはどういうことだったのですか。

半藤　わたしは、昭和三十年代から、昭和史と太平洋戦争についてはずっと書いてきたんですけれども、どうも近頃、平和ということは非常に大事にされていますが、その平和の裏側に、いったいどういうことが日本にあったのかという、つまり、戦争抜きで平和が叫ばれているんじゃないかという、そんな気がちょっとしてきたんです。

　戦争というものから、戦時日本というもの、わたし自身が生きてきた時代というものをちゃんと知っておくことによって、平和がいかに大事かということが、もっとわたしたちの身に沁《し》みてわかるのではないかと思ったんです。

　最近、日本再軍備だとか、核兵器を持とうなんていう声がどんどん大きくなりつつあるようなので、ちょっとこれは危険じゃないかなと。「平和」という言葉を叫ぶだけではなく、やっぱり、自分たちが生きてきた時代というのをもう少しきちんと語り継いでいったほうがいいだろうと、わたしも年が八十になりまして、そんなふうな気持ちになってきたんですね。
――わたしは、まったく戦争を知らない世代なのですが、それでもまだ、親の代が戦争を経験しているので、けっこう聞いてはいます。最近は、その語り継ぎもなく、家の中でしゃべってもいないという話を聞きますね。

半藤　同時にまた、しゃべる人がどんどん亡くなっていくんですね。わたしが、昭和二十年（一九四五年）八月十五日の終戦のときに十五歳の少年ですが、それがもう八十歳ですから。本当にきちっと、わたしたちが体験した、厳しいと言いますか、悲惨な戦争の時代を語り継ぐ人がいなくなってしまうことが痛感されますので、できるだけ残しておいたほうがいいんじゃないかと思ったんですね。

――本の話のはじめは、昭和十六年（一九四一年）十二月八日の朝からですね。

半藤　とにかくわたしたちは、「アメリカとイギリスという大国が中国の後ろについていて、中国に対していろんな物資を供給したり、武器を供給したりしているから中国との戦争[*1]が終わらないんだ。アメリカとイギリスはけしからん」と、まわりが言っておりましたから、子どもも心にそう思っていました。

そのアメリカがどういう国かというのは、それなりに、そのときはまだ地理とか西洋史の授業がありましたから、大きい国なのは地図を見ればわかりますが、国力も日本の十倍ぐらいあるなんていうこともいくらか知っていました。まさか、その大きな国を相手にして戦うなんて、子ども心には思っていませんでしたがね。

ところが十二月八日の朝、突然と言いますか、「西太平洋においてアメリカ、イギリス軍と戦闘状態に入れり」という、それこそＮＨＫラジオの第一報ですが、あれをたしかにこの耳で聞きました。

わたしたちのまわりにいた大人は、みんな、「やったあ」と思っていたようでしたね。月曜日ですか、あの日は学校があった日ですから、学校に行ったら先生がみんな興奮していました。

——半藤さんは、ご本の中で、この昭和十六年十二月八日、その朝から全てが異常になったとお書きになっていますね。

半藤　と思いますね。人間の気持ちそのものがガラリと変わったんじゃないでしょうか。ですから、「やったあ、積年の恨みを晴らすときだ」と。なかには、「明治維新以来、われわれは今日を待っていた」なんて言う人がいました。

——勇ましい言葉になってくるわけですね。

半藤　そういう意味では大人の顔つきが変わりましたからね。

――半藤さんは東京下町のお生まれですが、下町の町内の皆さんもそうでしたか。

半藤　わたしは向島生まれですけれども、向島というのは、サラリーマンとか、会社の社長とかはいなくて、八百屋さんとか、そば屋さんとか、米屋さんとか、そういう家がダーッと並んでいるところですから、どちらかというと、みんな庶民的な人ばっかりなんですが、その人たちが、やっぱり興奮していました。

長いこと、アメリカ、イギリス、ほかの国々の圧迫に耐えて我慢してきた、そういうふうにわたしらは教えられていましたから。

――いわゆるＡＢＣＤラインで囲まれて、さんざんいじめられたと。

半藤　ＡＢＣＤ包囲陣ですか、そういう言葉が流行っていましてね。Ａがアメリカ。Ｂがブリティッシュでイギリス、Ｃがチャイナで中国、Ｄがダッチでオランダですか。そのＡＢＣＤ包囲陣に囲まれて、日本は息も満足につけないようなありさまなんだというのが、当時の空気でしたね。

――空気って怖いですね。見えないから。

半藤　でも、そういうもんかなと思っていましたからね。したがって、十二月八日の朝というのは、「やったあ」と。たしか夕方になってから、真珠湾に日本の機動部隊が奇襲をかけて大戦果を上げたというのがNHKのラジオから流れたんですね。また、それが大勝利でしたから、一段と興奮しましたね。「ジャーンジャン、ジャンジャカジャンジャン、チャンチャンチャンチャンチャンチャン」っていう軍艦マーチ[*2]の音も報じられましたから。かなり日本中が湧いたんじゃないでしょうか。

――それこそ、新聞も、大作家たちまでもが、そういう筆で書いていたと。

半藤　ええ、これは作家だろうが、評論家だろうが、筆で書く人たちは日記とかを残しておりますが、そういうのを見ますと、みんながもう、恥ずかしくなるぐらいに昂揚《こうよう》していましたね。これはまさにペルリ来訪以来と。

――そこまで行くわけですね。

半藤　黒船時代を言うんですね。あれ以来、日本が圧迫に圧迫を受けてきた積年の恨み、それを晴らすときが来たと、きちっと書いている方もいますしね。それから、神の国の民が勝ったと。東洋から、アジアから、アメリカ、イギリスを徹底的に叩き出せというようなことを書いている方がたくさんいました。それは全部残っておりますからね。そういう意味では、インテリだろうが、一般庶民だろうが、本当にみんなして興奮したと思いますね。

——真珠湾攻撃で開戦当初は非常に勢いがいいですが、戦争前と後では、一般庶民の暮らしもガラッと変わっていくわけですか。

半藤　いきなりは変わりませんでした。戦争が始まって半年ぐらいの間は、それこそ、戦争そのものは威勢がよかった時代ですから、たとえば、消しゴムがなくなってきたとか、そういうことはなかったと思いますね。

ただ、ベーゴマというのをご存じですか。あのベーゴマの鉄がなくなってきて、瀬戸物になったのは覚えていますね。戦争が始まった前後ぐらいから、鉄がどんどんなくなってきました。

——供出されてしまうわけですか。

半藤　その代わりに瀬戸物なんですよ。これがね、哀れなんです。チッチッチの掛け声で戦わせて、両方がバチン、バチンとぶつかっていると、どちらもポロッとかけちゃいましてね、勝負がつかない。そういう情けない思いをしました。

そんなことは若干出ていましたが、まだ食べ物なんかは、裕福ではないし、満足いっぱいなんてことはありませんけれども、お金さえ出せば、食べることはできたと思います。

ただし半年か、そうですね、昭和十七年（一九四二年）の夏ぐらいから、ちょっとおかしくなってきたんじゃないでしょうかね。

——昭和十七年の夏というのは、ミッドウェー海戦[*3]の頃ですか。

半藤　ミッドウェーは六月ですから、そのあとぐらいからでしょうね。それから、南のガダルカナルの争奪戦[*4]が八月から始まりますから、その前後ぐらいから、いくらか物質的にも。

——それこそ一年経つか経たないうちで、もう……。

半藤　そうですね、国民の生活はかなり厳しくなってきて、節約せよとか、そういうことが言われだしたんじゃないでしょうかね。軍事物資と言いますか、軍のほうで必要と思われているものは、どんどん持っていかれますから。

——たとえば、どういうものですか。

半藤　たとえば肉とか、そういう栄養たっぷりのものは兵隊さんのほうに。つまり、わたしたちは「銃後《じゅうご》」と言っておりましたが、銃の後ろを守る銃後も戦場だから我慢せよ、という言葉がだんだん言われてきたんじゃないでしょうかね。

——その時代は標語《ひょうご》が町の中にたくさんあふれていたのですね。

半藤　それはもう、標語だらけでしたね。「欲しがりません、勝つまでは」が一番代表的な標語でしょうか。「贅沢は敵だ」というのは、まだ戦争が始まる前ですが、たくさんの標語がありましたね。

――標語がたくさん出てくるというのは、どの時代でも、あまりいいことではないのでしょうね。

半藤　これはね、あまりよろしくない時代でしょうね。とくに、七音の四文字標語というのが日本人は好きなんですよ。「一億一心《いちおくいっしん》」とか、そういうのが出てきますと、だんだんよろしくない時代になってくるんじゃないでしょうかね。

でも、そういうので力を得て、ものすごく軍国主義的な、戦争のために全力を挙げていることを見せている大人、「軍国おじさん」とわたしたちは当時呼びましたが、どんどん増えていきましたからね。

――それまで普通のおじさんだった人たちが軍国主義になるのですか。

半藤　そうです。わたしらも、「あ、来た、来た、軍国おっさんだ。逃げろ」なんて言って。

わたしたちは、替え歌を歌うんです。いまの人はわからないでしょうけれど、たとえば、「湖畔の宿」という、高峰三枝子[*5]さんが歌った歌も、歌詞を替えて歌いました。「昨日召されたタコ八が／弾丸《たま》に当って名誉の戦死／タコの遺骨はいつ還《かえ》る／骨がないから還れない／タコの母さん悲しかろ」と、そういう歌を歌った。それが軍国おじさんに見つかると、「こら、それは！」と怒られます。ですから、すぐに逃げるんですが、そういうようなことをしておりました。でも子どもですから、まだそんなに、戦争に無我夢中になるということはなかったですね。

　わたしは昭和十八年（一九四三年）に中学校に入るんですが、それからはもう、まわりは本当に軍国主義で、中学生は必ず敬礼をするわけですね、軍隊のように。その敬礼を、真面目じゃない中学生はいい加減に、指を伸ばさないで、丸めてヒョイとやる。それが見つかったりしようもんなら、本当にビンタを食らう。お尻をシャベルでもってバシバシ殴られたりもしました。

　戦争が悪化してくると同時に、そういうように空気そのものが何となしに荒々しくなってきて、大人の気持ちもずいぶん荒立ってきたんじゃないですか。また、物もどんどん減っていきましたから、戦争中、とくに太平洋戦争中というのは、日に日にと言ってもいいぐらいに国民感情が悪化していくのが見えましたね。

――政府が「大戦果があった」と言っている中で、国民の間に、「でも、本当に大戦果ばっかりかな」と疑うような感じはあったのですか。

半藤　わたしはしませんでしたけれど、仲間の中には、軍国少年がいて、戦争が始まる前は、アメリカの戦艦や巡洋艦の名前が発表になっていますから、それを壁に大きく書いて、「戦艦撃沈」と聞くと、×を付けていくんですね。そうすると、いくら×を付けても、「あれ？　もうなくなったはずなのに、まだ戦艦撃沈とやっている」となってどうもおかしいと。なかには、「ラジオや新聞では依然として大戦果を上げているけれど、こんなに大戦果を上げていて、なんで敵にそんなに船がたくさんあるんだ」と疑いを持つ少年もいましたね、わたしのまわりには。

　軍国少年的な人たちは、雑誌などで、かなり情報を入れていたんではないですかね。ずいぶんわたしは聞かされましたよ。「お前は少しは知っているか」と言うから「何も知らない」と返すと、「バカだな、お前は本当に」と言われました。

恐怖を感じた雪空の下の空襲体験

――そんなことを言っているうちに空襲が来るわけですね。

半藤　そうですね。昭和十九年（一九四四年）の夏、七月にサイパン島、テニアン島、グアム島、マリアナ諸島ですね、あそこが陥落してアメリカに取られたとき、わたしは中学二年生でしたが、そのときに中学の先生が、「アメリカ軍が、わが日本の玄関口まで来た。そこからアメリカのＢ29[*6]という飛行機が飛んできて、いつ、爆撃があるかわからん」なんてことを叫んでいました。

　そんなすごい飛行機があるといっても、地図を見せられると、うんと向こうではないですか。「あんなところから飛んでくるのかね」と。「それは飛んでくるんだ。いつ爆撃があるかわからないんだ」と聞かされてはいましたけれども、まさかと思っていましたね。

――はじめて見たときは、どんな印象でしたか。

半藤　昭和十九年の十一月一日ですね、Ｂ29が日本本土上空に現れて空襲警報が鳴ったのは。これは昼間でしたが、そのときの記憶が同級生の間でもバラバラなんです。わたしはそのとき、勤労動員で軍需工場に働きに行っていたと覚えているのですが、「いや、まだ学校にいた」と言う者もいて。Ｂ29が八〇〇〇メートルか一万メートルの高度をキラキラと本当にきれいでしたけれど、それがザーッと通っていくのを下から眺めていて、みんなで「あれがＢ29だ」と言っていたという同級生もいて、そのへんはちょっと記憶がそれぞれ違うんですよね。

わたしは、もう勤労動員で工場に行っていたと思うんですが、「十月から行った」と言うやつもいれば、「いや、十二月一日からだ」と言うやつもいる。いずれにしても、十一月一日に、はじめてB29が姿を現したんですね。

最初の頃は、一機か二機がポツポツと来て、偵察なんです。偵察ですから、直接大爆撃をするということはあんまりない。そのくせ、爆弾も積んでくるんで、ときどきは落としていく。落とされたところは悲劇です。

わたしは向島に住んでいましたが、わたしの家から、そうですね、五〇〇メートルぐらい離れたところに一発落とされたことがあるんです。それを見に行ったら、本当に五〇メートル四方ぐらいすっ飛んでいましたね。

――よく、すり鉢のようにと言われますね。

半藤　ええ、すり鉢のように。向島というところはすぐに水が出ますから、すり鉢の底に水が溜まっていました。「ここにあった家、何軒か知らないけれど、どうしちゃったのかしら」「飛んじゃったよ」と。木の家ですから、一発で飛んでしまって、「ええ?」という感じで。でもまだその頃は、「何ら恐るるに足らず」という宣伝に乗っていましたね。

――それが、「いや、これは違う」となるのが、やはり、三月十日の大空襲ですか。

半藤　その前に、昭和二十年（一九四五年）になってから、かなり爆撃の数が多くなってきまして。

――偵察で一機、二機ではなくなってきたと。

半藤　ええ、もう編隊を組んできましたね。専ら軍需工場を中心に爆撃していましたけれども、だんだんと攻撃がわれわれに近くなって。はじめは、だいたい武蔵野の飛行機工場がやられていたんですが、それがどんどん近くなってきて、神田あたりも攻撃されて、さすがに、「これはいつか攻撃されるのかな」という感じにはなっていましたね。

　とくに昭和二十年の二月の終わりだと思いますが、雪の降っている、もう雪空がどんよりと重く下のほうにかかっているところに、上空にB29の爆音がボワンボワンと聞こえてきて、それで、高射砲が鳴る音が聞こえてきて。でも、それが雲で見えないんですよ。見えないほど怖いことはないですね。

――どこから落としてくるかわからない。

半藤　わかりませんから。そこに、ヒュルヒュルッと落ちてくる、キーッという音ですとか。

——それは焼夷弾の音なのですか。

半藤　いや、爆弾です。それが落ちてきて、バアーッというような音がした。あれは雪空でした。わたしも工場に行っていなかったから、日曜日だったでしょうね。あのときは怖かったですね。これは只事《ただごと》じゃない、本当に「命あっての物種《ものだね》」と言いますか、何があるかわからないということは思いましたね。

　ただ、その頃になると、毎晩のように一機ずつ、三時間ぐらい間を置いて来るわけですよ。そうすると、のべつやたらに空襲警報が鳴って、そのたびに起こされて、寝ている暇がないんですよね。敵が本気になって攻撃するのかというと、そうではなくて、例によって例のごとく。そのうち、こちらも図々しくなったのか、度胸がついていたのか、もう起きないんですよ、「勝手にしてくれ」と。

——そんなさなかでも起きなくなるものですか。

半藤　起きなくなりましたね。「東部軍幹部情報。海上に目標一機あり」とか、ラジオがちゃんと言いますから。「目標多数あり」なんてときは駄目ですが、一とか二とかのときは、「また、一機か二機だ」と、起きなくなりました。

　それでもやっぱり、編隊を組んでくるときはおっかなかったんですが、その雪空のときの爆撃は、昼間でしたけれども怖かったですね。それから、空襲というのは只事じゃないというのを覚悟しましたね。

感情がなくなった三月十日

半藤　それから間もなくなんですね、三月十日まで。半月ぐらい経った頃でしょうかね。このときは、真夜中に大編隊を組んで、しかもわれわれの民家を目標にして、爆弾でなくて焼夷弾攻撃であるなんてことは、誰も知らなかったですね。「いつもの調子だよ」と思っていましたから。ところが、三月九日の真夜中、十一時過ぎぐらいでしたか、警戒警報がかかって、それですぐに空襲警報なんですよ。普通は、警戒警報がかかってから空襲警報まではかなり時間があるのに、あの晩は、すぐでした。

　例によって寝ていたんですが、そうしたら親父が「坊、起きろ。空襲だ」と言うので、起きて、いつものとおり支度をして、ゲートルを巻いて、ゲートルを巻いた上にゴム長靴を履《は》いて。寒かったですから、学生服を着ていましたが、その上に綿入れのチャンチャンコ（袖なし半纏）を着て、それで鉄兜《てつかぶと》（鉄帽）をかぶって。鉄兜だって、あんなもの、何も役に立たないと思いますが、かぶって表に出たんですよ。

そうしたら、深川の南、つまり東京湾のほうの、いまで言うと江東区ですか、あの端のほうは本当に真っ赤でした。

母と、弟二人と妹一人の三人はみんな子どもたちでしたから、母親の実家である茨城県下妻の在に疎開していたので、東京はわたしと父親しか残っていなかったんですが、その親父と二人で起きて、防空壕から立って見たら、もう、ものすごい火の柱が上がっていました。「すごいね」と言ったら、親父が、「今晩は只事じゃない。どういう攻撃か、これはわからんよ」と言っていました。そのうちに、浅草、神田川のほうに爆撃機が攻撃を始めましたが、そのときのB29はみんな、低空なんですよ。

——普段は高高度なのに。

半藤 低空でB29が来まして、それから間もなく、東側の平井とか、先の小松川、あっちのほうにバーッと落としてきて、また火がバンバンと上がるんですね。わたしたちはちょうど下町全体の、うんと北のほう、荒川放水路のそばにいました。

何時頃か、十日の午前零時半まで行っていない頃だと思いますが、何となしに見ていましたら、火の海と煙の中を突っ切って、一機、わたしたちの真上に来たんですよ。そのときはじめてB29を「ずいぶん汚ねえ飛行機だな」と思いました。エンジンのまわりが真っ黒なんですよ。いつも、高高度のときにはキラキラ光ってきれいなんですが、近くで見たらものすごくでっかくて。本当に大きい、B29は。

――死ぬかもしれない、そんなさなかに。

半藤　汚ない飛行機だと。頭上をバーッと通っていって、いったなと思った瞬間に、目の前でパーンと焼夷弾が破裂したんです。焼夷弾というのは、一辺約八センチくらいの八角形※で、長さ約四〇センチの筒でできていまして、三十六発※ほどがひとまとめになって、それがバーンと破裂するわけですね。（※六角形、三十八発とも）

――飛び散るわけですね。

半藤　空中にバーッとまかれたようになって、いっぺんに落ちてくる。頭上でやられましたから、もう逃げようがない。そのとき、頭上を急行列車がワーッと通るような音がしまして。わたしと親父と二人で、転がるように地に伏せて頭を抱えたんですね。あれは直撃を食ったらイチコロだったでしょうね。直撃ではありませんでしたけれど、その代わりにまわりの家にバーッと火が、あっという間に。

――日本の家屋は木と紙ですからね。

半藤　わたしの家にも一発落ちて、それは消したんですよ。本当に、間違いなく。ただ、外れて落ちましたので、羽目板が焼けて。それは見事に消したんですね。

――逃げるのではなく、まだ消していたのですか。

半藤　消していたんですよ。まだ何人もの勇敢なる少年がいましてね。中学生と、青年学校というのがありましたから、青年学校の生徒とか、そういう人が何人か、普段は遊び友達ですが、この連中が皆、一所懸命になって消していたんですよ、バケツを持ったり、鳶《とび》口《ぐち》を持ったり、火叩きを持ったりしながら。

　そうしたら、わたしの父親は非常にはっきりした男でしたけれども、「これは駄目だ、坊、早く風上に逃げろ、何も持たずに逃げろよ」とわたしに言ったことは覚えているんです。それで、親父はどこかにいっちゃって、逃げたんでしょうね。

――そこで離れ離れになって。

半藤　なっちゃったんですよ。消している仲間の中に親父はもういない。消しているのは、比較的小さい、少年ばかりでした。大人はあまりいなくて、消しているうちに、もうどうにもならなくなった。

　それで、親父に言われたとおり、北のほうの、荒川の土手の上に逃げようかと思って、ちょっと行きかけたんです。ところが、煙が地面の上を這うように押し寄せてきていますし、風が強い晩でしたから、トタン板が風に舞って飛んできます。それはそれは、荒川の土手の上まで逃げていく元気などとても出ませんでしたね。結果としては、南のほうへ、つまり、風下のほうへ逃げ出すわけですね。

わたしらだけじゃなくて、たくさんの人が同じようなかたちで、大きな通りの上を、隊を組んで逃げたんですね。そうすると、向こう側から来るんですよ、逃げてくる人が。それで、「そっちに行っちゃ駄目だ。向こうは駄目だ、火の海だ」と。両方で右往左往しましてね。行ったり、来たり、何回かしたんですが、北のほうはもう真っ黒ですから、そこから火がワーッと下を這ってくるわけです。ですから、あっという間にチャンチャンコに火がついて、カチカチ山のタヌキみたいになって、あわてて脱いだりしたんです。

そういうことをして逃げているうちに、結局、押され押されて、南の風下のほうへ逃げるようになって、あるところで火の海にぶつかっちゃったんです。向こう側も火の海でしたから、東か西、どちらかに、自分で判断して逃げ道を探さなければいけない。西へ逃げると大きな隅田川なんです。

隅田川は大きいから、むしろ、狭い中川のほうがいいだろうと思って、わたしは東のほうへ逃げたんですね。西のほうへ、隅田川のほうへ逃げていく人もたくさんいました。みんな、それぞれの判断でバラバラでした。隅田川のほうへ逃げた人はだいぶ亡くなったんじゃないですかね。

わたしは中川のほうへ逃げ出しまして、中川には平井橋という橋がかかっていますが、その平井橋のところへ行って。橋のたもとがちょっとした大きな広場になっているんです。その広場にずいぶんたくさんの人が集まりました。火は、そんなに早く追っかけてきませんから、とりあえずは、みんな、ホッとしたんですね、「これで助かった」と。わたしも助かったと思いまして、「やれやれ」とそこに腰かけ、とたんに眠くなったりしましたが、眠らないようにと目をこすったりしていました。

そうしたら、安心なんてとてもできない、間もなく火と煙がまわりから一気に来ました。そうなると、たくさんの人が集まっていましたから、右往左往なんてもんじゃなくて、阿《あ》鼻《び》叫喚《きょうかん》なんですね。いま考えれば、平井橋を渡って、サーッと向こうへ逃げていってしまえば何でもないことだったかもしれないですが、橋の向こうは火の海だと思っていたんです。そういうふうに見えたんですね。ですから、橋の向こうは火の海だし、後ろからも火が来ているから、どうにもならないというので、みんな、川の中にドボン、ドボンと落ちる人もたくさんいたんです。

わたしは平井橋の真ん中まで逃げていって、どうしようかと思ったときに、偉い人がいるんですね、ああいう空襲のさなかに、向こう側の人でしたが、いまで言うと平井側の人です。船頭さんがずいぶんいたんでしょうね、自分たちで船を出してくれたんですよ。それで、川の中でおぼれている人をすくい上げている。

それが見えたので、いまと違いまして当時は木の橋ですから、わたしも平井橋の橋桁《はしげた》をたどって降りて、川面《かわも》まで近づいて、船に、「乗っかっていいですか」と聞くと、「乗れ、乗れ」と言うので、そこに乗っかって。

わたしは船の上に乗っかって、また「やれやれ、助かった」と思っていましたが、皆さん、おぼれている人を船に上げているから、わたしも助けてあげなきゃいけないと思って、中学二年生のくせに、男気を出して手を差し伸べて。手を引っ張って、手を船にかけてもらって、それで大人が手伝ってくれて、ヨイショと上げるんですが、二人、助けたと思います。

そして三人目のとき。わたしが出したその手につかまってくれれば引っ張れるんですが、その人が手を伸ばして、わたしの肩のあたりにつかまったんです。わたしは下のほうに手を出していますから、肩につかまられたら、小さいですから、コロンと一緒に落っこちちゃったんですね。むしろ、船にかかっているその人の手がテコになりました。

そうしたら、水の中はひどいもんでしたね。大勢の人が水の中にいて。なかには荷物を背負ったまま飛び込んだ人がいるんです。わたしは、泳ぎはかなりできたのですが、水の中というのはああいうときわからないものだなと思ったのは、どっちが水面かわからないんですよ。それで、泳げない人がわたしを引っ張る。ガブガブと水を二回、三回飲みましたか。「これは死ぬかな」と思いましたね。

すると、そのときに長靴の中に水がいっぱい入っていたもんですから、スルッと脱げたんですね。そして、ユラユラユラと長靴が沈んでいく。沈んでいくほうが底だと、逆のほうが水面だとわかったので、それからは、何を蹴飛ばしたのかわかりませんが、水をかきかき、川面にポンと首が出ましたら、ちょうどそこに船がいたんです。前のとは違う別の船でしたけれど、船にいた人が襟首《えりくび》をつかんでくれて、ヒョイと上げてくれたんです。それで、またポンと船に乗せられて助かったんですが、そのときはびしょ濡れでしたから、寒くて、寒くて。北風が本当に寒かった。

――三月十日ですから、まだ寒いさなかで。

半藤　寒くてブルブル震えて、ゲーゲー吐いたりしましたね。生きた心地はしませんでした。でも、船に乗っかって、あとはぼんやりと。船も救われた人でいっぱいでした。火がかかってくるものですから危なくてしょうがないので、だいぶ岸から離れて、燃えていないほうの岸の近くで浮いていました。

ところが、向こう側が、向島側が見えて、まだやっているんです、阿鼻叫喚を。そうしたら、とくに小さい子どもを連れているお母さんなどは、川に飛び込む勇気が出ないんですね。「飛び込め、飛び込め」と、飛び込んだら救えると言っているんですが、駄目なんです。見ている目の前で煙がワーッとかぶると、コロッと前のめりに転んで、そこに火がワーッとかぶると、見ている目の前でからだが火を発しまして。本当に、人間のからだというのはあんなに燃えてしまうのかというぐらいに燃えるのを見ていましたね、ぼんやりと。

わたしは、いまでも不思議なのは、そのとき自分は、どういう感情を持っていたのかというと、何にも持っていなかったと思うんです。ですから「戦争の悲惨」とか、よく言葉としては言いますけれど、悲惨とかそういうことも思っていなかったように思いますね。ただボーッとして、人間というのがあっという間に火だるまになるのを見ていたんです。

焼け跡と疎開先の思い出

――まさに、三月十日の大空襲では、辛くも生き延びた、一命を取り留めたわけですね。

半藤　そうですね。

――そのとき、呆然としていたときに、半藤さんの目に映っていた景色は、いまでも覚えていますか。

半藤　それは覚えています、さすがにね。とくに、自分の家の焼け跡へ来て呆然として立ったときの景色は覚えています。

――すべて、何もなかったと。

半藤　何もないし、全然平らじゃないんですよね。ところどころに金庫が立っていたり、蔵が、中は焼けたんでしょうけど、建っていました。

――お父さんとは、その後、どうなったのですか。

半藤　朝、わたしがなかなか帰ってこなかったものですから、親父は死んでしまったと思ったでしょうね。親父は町会長をやっていたんですよ。わたしの身柄よりも、罹災《りさい》証明書、間違いなく罹災したとか、そういう証明書を出さないと、皆さん、配給をもらえませんから、そっちのほうの仕事で飛び回っていたので、なかなか会えなかったんです。

わたしがボーッと立っていたら、自転車の音がして、「おう、生きていたのか」と言ったきりで、また行っちゃったんですけどね。わたしが焼け跡に立っていたから、生きているのを確かめられて安心したんじゃないですか。

——お母様と小さい弟さんたちは、もうすでに疎開されていたわけですね。

半藤　そうです。親父がそういうことをしていたもんですから、全部事務が終わって、やっとこさっとこ、茨城県の母親のところへ行くことができました。空襲は茨城県からも真っ赤に見えていましたから、母親は、親父もわたしも死んだと思っていたらしいですね。どんどん疎開してくる人がいるので、「あのあたりはどうですか」と聞くと、「もう丸焼けです」とか「もう全然」なんていう話を聞いていますから、二人ともこれは死んじゃったのかと思ったみたいです。

——そんな悲劇が、あの日は山のようにあったのでしょうね。

半藤　あったのでしょうね。ですから、帰ってくると思ってなかなか帰ってこない、それで、帰ってきたから大喜びしたかというと、それほどでもないんです、人間というものは。

——そうですか。だけど、ホッとしたでしょう。

半藤　ホッとはしましたね。

――東京大空襲で地獄を見ながらも生き延びることができた。その焼け出されたあとに、今度は疎開されるのですね。

半藤　それで茨城県へ行って、そこで機銃掃射を受けて。わたしは、実を言うと、この機銃掃射のほうがおっかなかったですね。空襲のほうはみんな一緒でしたから。機銃掃射は、わたしと叔父さん、二人しかいなかったところへ本当に目がけてきましたから、これはおっかなかった。本当に恐怖で腰を抜かしました。

――何度もそうやって死に直面されて、そのあとに、新潟のほうに疎開されると。

半藤　新潟に疎開しまして、わたしは、直接は受けなかったんですが、また長岡の空襲を目の前で見せられて、それで、長岡で終戦です。

――疎開生活というのはどういうものでしたか。

半藤　これはね、茨城県では、ずいぶん殴られましたね。

――地元の子どもたちに、ですか。

半藤　地元の上級生に。こっちも生意気だったんでしょうね、ずいぶん殴られました。

――よく映画や小説では、都会から疎開してきた子が、地元の子にいじめられたり、そのいじめを受けたあとに仲良くなったりという話をよく見ますが。

半藤　わたしの女房は、あの人は最初から新潟に疎開ですが、疎開のときの小学校時代の友達なんか全然いないと。

――その意味では、子どもの暮らしにも戦争というのは本当に重い影を落としているのですね。

半藤　そう思いますね。

――そんなふうにして、学童疎開があり、空襲がひどくなり、国民の暮らしそのものが疲《ひ》弊《へい》の極みという状況に入っていくわけでしょうか。

半藤　本当の疲弊の極みは、戦後のほうがひどかったと思いますが、この時代もひどかったですね。買い出しが当たり前になっていましたから。

――よく映画などでは、着物を担いで、それをお米に換えにいく、というのがありますけれども。

半藤　あれですよね。戦争が終わってからが、もっとひどかったですね。

――状況が厳しくなってくる中で、たとえば戦艦大和《やまと》が沈没したとか、そういった話は国民の耳にも入ってくるのですか。

半藤　それは、まったく知らなかったですね。知っている人はいたのでしょうけれど、わたしは知りませんでした。もうずいぶんあとから入ってくるんです。アメリカが日本国民を教育するために、それこそラジオを使ってどんどん流しましたから、「へえ、そんなすごい船を日本は持っていたのか」と。それで、わたしたちも知りました。

――大和自体を知らなかったと。

半藤　知らないですよ。

――そういうものなのですか。たとえば、海外の状況とかも入ってこないわけですか。

半藤　戦争中は入ってきませんでしたね。戦後になりましてから、改めて聞かされたと言っていいんじゃないでしょうか。

負けたことを理解した玉音放送

――いわゆる「終戦の玉音放送」というのは、半藤少年はどこで聞くのですか。

半藤　わたしは疎開して長岡に行っておりますから、北長岡という、北のほうに津上製作所（現・ツガミ）という工場がいまもあるんですが、そこが軍需工場でしたから、勤労動員で働いていました。

――兵器をつくっていたのですか。

半藤　爆弾のネジをつくっていましたね。あの時代ですから、もう役に立たないでしょうが、本当に爆弾のネジを、機械を使ってつくっていました。堂々たる勤労動員でした。

　あのときは、八月十五日の午前十一時五十八分ぐらいまで働いていました。正午から重大放送があるということは前の晩からラジオで流していましたから、あることは知っていましたけれども、その時間が来るまでは、いつものとおり働いていました。五十八分ぐらいに、「作業やめ」という号令がポンとかかって、工場全体が回らなくなりまして、シーンとなったときに、スピーカーからラジオが流れ出したんです。

　五十九分ぐらいに、「いま、本土上空に敵影なし」という放送が流れましたから、それまでは空襲警報がかかっていたんですね。それから、例の正午の時報が、ポッポッポッポーンとあって、いきなりもう、「ただいまより、天皇陛下のご放送があります」（「天皇陛下におかせられましては、全国民に対し、畏《かしこ》くもおんみずから大詔を宣《のたま》わらせ給うことになりました。これより謹みて玉音をお送り申します」）と言うんです。

——天皇陛下の生の声を聞くと言われたときは、どんなお気持ちでしたか。

半藤　それは、「へえー」と。

——普段はないですよね。

半藤　ええ。聞くまでは、「へえー」と思っていましたけれども、わたしなんかには「戦争はこれからだから頑張れ」という激励の放送だというふうに伝わっていましたね。わたしの父親は、「これで戦争が終わるんだ」と言っていましたが、親父の話はいつもそうだったんで、少年とはいえ、戦う戦士のつもりで頑張っていましたから、「また、親父はそんなことを言って」と思っていました。だから、激励だと。

それで、天皇陛下の放送が始まりました。皆さんが言うように、ボワンボワン、フニャフニャといって、よくわからないような言葉の放送で始まったんです。でも、わたしの記憶では、「堪え難きを堪え、忍び難きを忍び」という言葉は、はっきりと耳に入りました。それから「共同宣言を受託する」「万世の為に、泰平を開かんと欲す」という言葉もはっきりと聞こえたように思います。

わたしは親父から、「ポツダム宣言というのは、日本に降伏勧告をしてきたものだ。したがって、これを受けるか受けないかで、戦争をこのまま続けるのか終わるのかが決まる」と聞いていましたから、「共同宣言を受託する」という言葉を聞いたときに、「ああ、戦争は終わったんだ」と。戦争が終わったということは負けたんだと思いましたね、「堪え難きを堪え、忍び難きを忍び」ですから。「あのラジオからは負けたと思わなかった」

という方が多いのですが、わたしはそんなことはありませんでした。あの瞬間、負けたとわかりました。

――そのときに、一緒に聞いていらした、まわりの反応はどうでしたか。

半藤　まわりの反応は、「負けたよ」と。越後にいましたから、越後弁で、「うん、そいがな」と言っていましたけれどね。それから、天皇陛下の放送が終わってから、和田信賢《のぶかた》*7さんが丁寧に勅語《ちょくご》をもういっぺん、読みましたよ。

――そのあとにですか。

半藤　ええ、それはしっかりと聞こえました。ですから、戦争がここで負けたということがわからなかった、まだやるつもりでいたという人がたくさんいますけれども、おそらく、その方々はあとのほうを聞いていなかったんでしょうね。

――記録映画とか戦争映画などで、玉音でお話しになるところまでは観るのですけれど。そのあとに和田信賢さんが言い直しているのですね。

半藤　きちっともういっぺん、読んだんですよ。それはもうはっきりと聞こえました。さらに、内閣告諭の朗読や解説も放送されたりして。わたしたちはそこまで聞いていましたからね。

負けたとわかって、号泣《ごうきゅう》している人もいました。むしろ、中学生のわたしたちのほうが、何となしにきょとんとして。わたしは泣いたりしませんでした。まわりにはたくさん、号泣する人がいて、うつむいたきり顔も上げない人もいました。

――そのあとは何をなさいましたか。

半藤　中学生四人、わたしを入れて五人の悪童どもは、「これで俺たちの人生は終わりだ」と。なぜ終わりかというと、戦争がもし負けるようなことがあったら、日本の男は全員、アメリカ軍の奴隷になって、カリフォルニアか南の島に連れて行かれて、一生働かせられるというようなことを教えられていましたから、たぶん、そうなるのかなと思ったんですね。

十五歳でしたから、これはあまりにも哀れだなと言いながらも、「じゃあ、いまのうちに好きなことをやっておこうじゃねえか」と。「何をやるんだ？」「まず、大人の真似をしてタバコを吸おう」ということになりまして、もう使わなくなった防空壕の中に入りました。もはやいらない防空壕には誰も来ませんから、防空壕の中に入って、「タバコを持っているのか？」と言ったら、持っているやつがいたんですね。わたしがちょうど、コンサイスの字引を持っていたので。勉強していたんですね。ただもう、こんなもんはいらなくなった、これからはおしまいだと、コンサイスのページを破くと、これが、まことにタバコを巻くのにいい紙で、ビリビリに破いて、巻いて、味なんかは全然覚えておりませんが、プカプカとふかしていました。

でも、そんなことをしながら、わたしはだんだん負けたことが悔しくなってきまして。こんなに一所懸命に、東京で死ぬ思いをしたり、茨城県で機銃掃射を受けたりして戦ってきたのに、「何だ、これは」と思って、非常に悔しかった覚えがありますね。

「日本人というものはいったい何だろう」

――戦争の前後でどう暮らしが変わってきたかということでいうと、むしろ、太平洋戦争に入ったばかりのときより、終戦で負けたあとのほうが、変わりようが激しかったというお話がありましたね。

半藤　ええ、これはもう、昭和十六年（一九四一年）十二月八日のときも、たしかに、日本人はだいぶ変わったと思いますが、それは延長線で変わっただけなんですね。ところが、昭和二十年（一九四五年）八月十五日以降の日本人は、それまでずっとつくってきた日本人とは全然違う日本人が登場したと言ってもいいんじゃないでしょうか。

――どういうことでしょうか。

半藤　要するに、昨日まではすごい軍国主義のおじさんだった先生が、「戦争は俺たちに責任はない」と、「こんな戦争をして負けたのは軍人と政治家どものせいだ」と、「俺たちは、これからは民主主義で行くんだ」と言いだすようになりました。

　また、それこそ、日の丸の旗を振って「最後の一兵まで」と叫んでいた人が、本当に突然に、「これからは民主的に行こう」なんて言いだしました。何が民主的かわかりませんが、そういうことをしきりに言いだすようになって、それはもう、本当に驚くべきほどの変貌《へんぼう》を遂げたと思います。

　わたしは中学三年生、十五歳でしたが、負けたとはいえ、やっぱり、日本人としてのものを大事にしなければいけないと思っていましたけれども、そうではなく、もう過去の日本というものはみんな悪かったんだと、これからは全部新しい日本にするんだということを平気で言う人がたくさんいました。

　さっきのタバコの話の続きで言いますと、うちに帰りまして、親父に男はみんな奴隷になって……という話をしましたら、親父が、「バカもん、お前は何を考えているのか！」と。当時の人口は七千万人ぐらいしかいなかったと思いますが、日本人の男全部というと三千五百万人だとして、「三千五百万の男を全部、カリフォルニアとか、南の島に連れて行くのに、どのぐらいの船がいると思うんだ」と。「この数の人間を連れて行くだけで、どのぐらいの金がかかるかということを、お前は考えたことがあるのか！」と怒鳴られましてね。

そのとき、わたしは「そうだよな」と思いましたよ。当時はリアリズムなんて言葉は知りませんでしたけれども、まともに、常識的に考えればそうだよなと、まさに八月十五日の晩に、親父に怒鳴られて目が覚めましたね。

それからわたしは、リアリスティックに考える、ごく常識的に考えるということを学びました。さっき言いました、突然変貌した先生とか大人たちを見ながら、「この連中は、また何かあったときには、いくらでもひっくり返るんだろうな」と思いましたね。負けたということで、こんなに日本人がだらしなくひっくり返るなんていうのは思いもしませんでしたから、いささかわたしは、「日本人というものはいったい何だろう」と考えさせられました。わたしたちがつくってきた近代日本というものは、いったいどういう国だったんだろうか、西洋に学んで、それを取り入れてつくってきた日本文化というものは、いったい何だったのかというようなことを、本気になって考えました。それは、戦争に負けてすぐ、それこそ親父に怒鳴られてから、急に考えだしましたね。
　まわりには、本当にガンガンと変わっていく人がいましたから。歌に「昨日勤王《きんのう》、明日は佐幕《さばく》」というのがありますが、まさに「昨日軍国主義、軍国日本、今日はアメリカ」と言うのかいなと。幕末にもそんな人はたくさんいたのだろうけれど、こういう大変革期と言いますか、物事が連続しないで断絶するときに、人間というのは案外、みんな正体を現すんだなということは思いましたね。

——十五歳の少年の目には、そんなふうに大人の姿が明確に映ってしまったわけですね。

半藤　変な話ですが、親父に怒鳴りつけられたひとことで、ずいぶん目が覚めて、その覚めた目で見ると、本当にそういうふうに思いましたね。でも、きちっと変わらない人もいましたよ。われわれには責任があると痛感している人もいました。
　わたしが大人になって、こういう仕事をするようになり、昭和史を勉強するために、当時の陸海軍の軍人さんたちにもたくさん会って取材をしましたけれども、立派な軍人さんもいました。自分のやったことに対して本当に責任を感じて、非常に慎み深く、穏やかに、ごく真面目に考えている元軍人さんもいっぱいいました。戦後すぐに全部が全部変わったとは思いませんけれども、変わる人は早く変わる、そして、そういう人はまたすぐ変わるのだろうということは思いましたね。

歴史とは「人間」を学ぶこと

――今回、半藤さんはご自身の十五歳、中学三年の頃の戦争体験をご本にされたわけですが、昭和三十八年（一九六三年）にも、半藤さんが企画をされて、いわゆる戦争当時のことを知る人たちを集めて、大座談会[*8]を開いています（初出「文藝春秋」昭和三十八年八月号。のち『日本のいちばん長い夏』として二〇〇七年に文春新書として刊行）。これも、今回の本をお出しになったその思いと相通ずるところがあると考えていいのでしょうか。

半藤　それは、わたしが三十三歳のときの仕事なんですが、その前から、昭和史とか、太平洋戦争の勉強をしていて、いろんな人に会って話を聞きに行っていたんですね。

　その頃は、日本人全体、と言ってもいいと思いますが、「平和」ということを非常に大事に思って、戦争もできるだけ早く忘れようと言いますか、戦争のことはもういいんだ、終わったことだというので、できるだけそっちに目を向けまいとするような、それこそ、一つの全体としての空気があったんですね。

　そういうときに、わたしは何を考えたかと言われれば、昭和史とか戦争のことを調べていたんです。わたしは文藝春秋という会社にいたのですが、あの会社は、どちらかというと文学の好きな人が多いですから、そのときは戦争の研究なんかを一所懸命やっているバカがどこにいるのかと思われていたみたいで、それでも、話を聞きに歩いたり、取材に行ったりしていたんですね。

　すると、その人たちがどんどん死んでいくんですよ。とくにお年の方、偉い人たちがどんどん死んでいく。これは、黙って、みんな死んじゃうのではないかと。

——何も言わずにですね。

半藤　何も言わずに。ですから、これはいまのうちに聞いておかないと、日本の歴史、つまり間違ったにしろ、正しかったにしろ、その歴史を残さないことには、あとの人が判断できないじゃないかと思ったんです。

　わたしは当時十五歳の子どもで、この戦争が本当に悪かったのか、あのときは判断できていなかった。だけど、せめて残さないと、そのことすらも、あとの人はわからなくなってしまう。それならば座談会をやろうじゃないかと。

　おもしろいことに、一人一人会いに行って取材をしますと、仮に嘘を言われても、聞いてなければなりませんが、何人か集まりますと、自慢話にならなくなるんです。「それはお前、違うじゃないか」と言う人がいますからね。それならば、何人か集めたほうがいい、いや集めるのなら、いっそのこと、みんな集めちゃおうかというわけで、一気に集めたんです。

――ですから、文官もいれば、武官もいれば、作家もいればと。

半藤　一般の兵隊さんもいれば、それから沖縄の女の人もいるというかたちで、二十八人※でしたか、集めたんですね。（※二人が誌上参加の合計三十人）

もちろん、座談会というのは、五人を超えるとうまくいかないことがある。私語が始まったり、飽きがくると人の話を聞かない人が出てきたりしてうまくいかないことが多いんですが、二十八人集めたら。

――どうなりましたか。

半藤　これが本当に、予想以上に皆さんが本気になって、質問する人もいて、真剣な顔をして聞いているんです。二十八人集まっていただいて、日本はどうやって戦争を終わりにしたのか、それから、戦争が終わったときに、何を考えたかということをみんなに語ってもらったわけですが、思いがけない成果が出ました。本もよく売れたと思いますし、あとの反響も非常によかったんですね。

やっぱりこれは、みんなが知りたがっていることだと。だけど、話すチャンスがないのだと。当時、自慢話をするという雰囲気ではありませんが、かといって、悲惨な話というのは、あまりしたくないものですよね、ときどき、忘れたいと思うものですから。

わたし自身、自分の三月十日の悲惨な話とか、機銃掃射された話などというのは、五十年以上話しませんでした。あんまりしゃべりたくなかったというところがあるし、しゃべりだして調子に乗ると、美談というか、勇ましくなっちゃうんですね。本当の、正しい意味の戦争がどんなものかということを語るのは、なかなか難しい。だから、あまり語らなかったんです。

座談会のときは、二十八人が人の話を黙って聞いて、「それは、ひどい話だね」と相槌《あいづち》を打ったり、「そんなことは知らなかった。なぜもっと早く戦争が終わらなかったのか」と憤る人がいたりして、実に、やってよかったと思いましたね。

――半藤さんがおっしゃるように、昔の体験を語るときに、ついつい、尾ひれがついてしまって、あるいは、無意識的にも過剰なデコレートがされてしまいがちですよね。そういうおそれがあるから、語り伝えるその言葉をどう選ぶかということですね。

半藤　そう思いますね。悲惨な体験をされた方の胸の内には、悲惨であれば悲惨であるほど、語ってもわかってもらえない、あるいは語っていると、美談とまでは言わないまでも、自分を美化しているような話に取られてしまうという思いもあったりして、みんな、秘めてしまうのではないでしょうか。しかも、そういう一つ一つの経験というのは、なかなか正確に語りづらい。語り継がなければいけないと思っていますが、語りづらいんですね。

ただ、そうしているうちに、亡くなってしまうと、歴史とは何かというときに、自慢話とか、美談とか、つくられたものしか、あるいは、弁解話のようなものしか残らなくて、本当に正しい歴史は残らないんじゃないかと思うんですね。ですから、やっぱり、できるだけ、お年を取った方は語ったほうがいい。

――そういう意味でいうと、それこそ多感なときを、まさに戦争に巻き込まれて過ごされた半藤さんにとって、戦争とは何だったのでしょうか。

半藤　戦争そのものを考えますと、あれがもしなければ、もっとよく勉強しただろうなと思います。それはもう、中学二年生の十一月から勤労動員に行きまして、三年生の夏まで働いていましたから。そして、新しい学校が始まりましたけれども、戦争のおかげを食って、日本の教育方針というものがどんどん変わったわけです。昭和二十年（一九四五年）

十二月三十一日に連合軍総司令部から、「日本は、歴史と、地理と、修身と、教えてはいかん」という指令が出て、そういうかたちで、パタッと教育そのものが制限され、おかしくなったと思います。

そういう時代が戦中から戦後にかけてあったわけですから、本当の意味でわたしたちは、勉強をよくして、物事をしっかりと考えて、ということをあまりしないで来た。世代論というのはあまりよくない話ですが、それでもやっぱり、本当の意味での教養というものがものすごく欠けている世代だと思うんですね。

わたしにとって戦争は何かと聞かれれば、わたしはよく勉強しなければならないときに勉強ができなかったと答えますね。格好をつけて言うんじゃないんです。わたしは悪童育ち、やんちゃ坊主育ちですから、勉強なんてまともにやらされたらしなかったと思いますが、そんなやつであっても、ずいぶん大事なときに勉強のチャンスを失ったと思いますね。

結局、いまになってみると、大人というのは信用がおけないと。戦争が始まる前後の頃の変化ぶりと、戦争が終わって負けてからの大変化と、ふたつの変化を見ました。自分のまわりにいる大人たち、つまり、日本人の大人たちが軽々と変わっていったあの姿を見るにつけて、もう少し日本人というのは謙虚な、真面目な民族であったのではないかと、それが、いつ、ぶっ壊れてしまったのかなという思いは、非常に深くしていますね。

――それを考えるにつけても、語り継がなければいけないということですね。

半藤　そう思いますね。それは、日本の近代史、たとえば、明治維新からでもいいですが、明治維新からの日本人は、ほかの民族の模範となるような民族であったかもしれないですよね。その民族が、いつから、うぬぼれ、のぼせて、世界中を相手に戦争をするようになったのかということは、歴史を正しく知ることで、わたしたちは学ぶことができるんです。

――年号を覚えるのではなく。

半藤　年号とかはいらないんですよ。そうではなくて、歴史というのは、要するに、人間がつくるものですから。つまり、人間を学ぶことが歴史なんです。人間がこういう危機のときにどういう行動を取るか、また、どういうバカなことを考えるか、どういう無謀なことを考えるかということが、ちゃんと出ているんですよ。それを学ぶ、それをちゃんと知ることが、これからの日本をつくっていくために役に立つと思いますね。ですから、そういう意味で、もう少し日本人は、歴史をしっかりと学んだほうがいい。

――単に戦争の外形的な、悲惨だとか、非情だとか、残虐だとか、そこではないですね。

半藤　そうじゃないんですね。そういう一面もたしかにあります。ただし、もっと、日本人のよい一面がたくさんあるんですから、それをちゃんと一緒にして学ばなければいけません。

——半藤さんがおっしゃるように、戦争の記憶を持っている人たちが自分の言葉で、いろんな人たちに語ることが大事なのだということですね。

半藤　大事だと思いますね。たしかに、語りづらいです。語ってもわかってもらえないんじゃないかと思ってしまう。でも、やっぱり、飽きずに語ったほうがいいです。そうでないと、どんどん忘れられていきます、大事なことが忘れられていってしまうんです。

——まさに、言葉と記憶のリレーをちゃんとしていかないといけないですね。

半藤　そうですね。わたしも年になりましたので、やりづらいですけれどもね。

＊1　**中国との戦争**　一九三一年の満州事変、三五年からの華北分離作戦、三七年の日中戦争開始と、日本は大軍を次々に投入するが、連合国は蔣介石の抗日戦争援助のために「援蔣ルート」を通じて戦略物資を送り続けたことで、決着はつかず戦争は長期化・泥沼化した。

＊2　**軍艦マーチ**　「守るも攻むるも鋼鐵（くろがね）の……」の歌詞でよく知られる行進曲。

一八九六年、鳥山啓作詞「軍艦」に瀬戸口藤吉が曲をつけ、翌九七年初演。一九〇〇年、瀬戸口はさらに行進曲に編曲。日露戦争から太平洋戦争の時代に盛んに演奏された。現在は海上自衛隊の儀礼曲の一つ。

＊3　**ミッドウェー海戦**　真珠湾での日本軍大勝利から半年後の一九四二年六月、ハワイ北西のミッドウェー島攻略とその際出撃してくるであろう米艦隊との決戦を企図して連合艦隊主力が出撃したが、主力空母四隻を失う大敗北を喫し、太平洋の戦局は逆転した。

＊4　**ガダルカナルの争奪戦**　オーストラリア北東のガダルカナル島の争奪をめぐる攻防戦。一九四二年八月に米軍は、日本軍が飛行場建設中の島に上陸し占領。日本軍は再三奪回作戦を敢行するが失敗、四三年二月に撤退するまで多くの兵士が飢えと病気で死亡、島は「餓島（がとう）」と呼ばれた。

＊5　**高峰三枝子**（一九一八〜九〇）　昭和期の映画女優・歌手。三六年松竹大船撮影所に入り『母を尋ねて』でデビュー、田中絹代らとともに松竹大船の全盛期を築く。四〇年に歌謡曲「湖畔の宿」が大ヒットし歌う映画スターとしても人気を博した。

＊6　**B29**　ボーイング社製の大型長距離爆撃機。日本本土への焼夷弾爆撃や広島・長崎への原爆投下に使用された。日本の戦闘機の飛行高度や高射砲の射程を超える高高度一万メートルを飛び、最大時速五七六キロ、航続距離六五九八キロメートル。

＊7　**和田信賢**（一九一二〜五二）　昭和期のアナウンサー。三四年にＮＨＫ入局。文芸作品の朗読・スポーツ中継などでの名調子で知られる。なかでも三九年の双葉山が七十連勝を逸した

安芸ノ海戦の中継は有名。

＊8 大座談会　一九六三年六月「文藝春秋」の編集者だった半藤が企画、徳川夢声とともに司会を務めた座談会。四五年八月当時の内閣書記官長・外務次官・軍人など二十八名が集められ、敗戦をどう迎えたのかが語られ、「文藝春秋」八月号に掲載された。

「半藤昭和史」を見る(3)
――戦争体験者によるもっとも重要な一言

保阪正康

「戦争体験」という語がある。その意味するところは大きいのだが、実際には極めて特定の意味を持って使われている。悲惨な戦場などがこの語にはかぶさってくるのである。むろんそれは間違いではないのだが、反面ではイメージが拡散している感は否めない。

私はこの語には広い意味があるのだから、それを理解したうえで戦争という時代の体験を語らなければならないと思う。私の理解する戦争体験とは、次のような広がりを持っている。箇条書きにしよう。

①戦場で直接生死をかけて戦った体験。

②被災、被爆など戦火を浴びた体験。
③他国などからの引き揚げ体験。
④飢餓などの食糧事情悪化の体験。
⑤疎開、勤労動員に従事した体験。
⑥肉親の死などの戦時被害の体験。
⑦戦争の時代に生育した世代としての体験。

これらの体験全てを味わった人もいるであろうが、大体はこの中の二、三を体験しているのではないだろうか。半藤は、この中で②④⑤⑦などの体験者である。むろん半藤と同世代でも、育った地域によって体験の幅は異なっている。私の縁戚で半藤と全く同世代の者がいるのだが、彼は旧制中学の二年生であり、⑤と⑦だけであった。戦争という時代に生まれて、涙を流す体験はしていない。一方で、満州で育った同年齢でも②から⑦まで体験している知人もいた。

一口に言っても戦争体験は、年代、地域、家族構成などによって異なるわけである。半藤の語っているケースは極めて特異性を持っている、と言ってもいいであろう。被災にしてもそういう体験を持ち出すのであれば、それは逆に戦場での命のやりとりと変わりないほどの重さを持っている。この章のはじめにあえて半藤の目で捉えた東京大空襲の現実が語られているのは、半藤の戦争体験がそれほど貴重であり、その現実を深く吟味していくのが半藤の流儀だからである。

これらの戦争体験の中で、半藤がもっとも重視しているのが、②の被災や被爆体験である。それを単に戦時下の思い出といったようなレベルで話しているのではない。死が目の前まで迫っていたのである。同年代の中には実際にこうした被災体験によって、現実に多くの者が死んでいく状態だった。

半藤の世代は、二つの特徴があるというのが私の受け止め方である。一つは、敗戦を機に価値観が大きく変わったという体験をしている。天皇のために死ね、と檄《げき》を飛ばしていた教師たちが、敗戦を機に「皆さん、民主主義の時代です。命は何よりも尊いのです」と手のひらを返すように前言を翻《ひるがえ》した。「大人って信用できねえな」と十五、十六歳の少年たちはつぶやいた。もう一つは、戦争とは異常空間の非日常的な出来事であり、戦争でない時代の方がまともな時代なのだと実感したことである。「まとも」という言い方は少々乱暴ではあるのだが、戦争の時代とは人類の悪しきモラルや価値観の総合的時代なのだと知った。そのときに彼らの心中に宿ったのは、「われわれを騙《だま》したな」という怒りだったのだ。

この章の半藤の証言を聞いていると、この二つが見事なまでに浮き彫りにされている。それだけに重いと言わざるをえないのだ。

十五歳の半藤少年は、教師たちの豹変《ひょうへん》ぶりを見て愕然《がくぜん》としたと語っていた。そういう教師たち個々人にも悩みや辛《つら》い思いがあるのだろうが、しかし感受性の強い時期の少年にあまりにも乱暴な価値基準を教えてきたとの反省は必要だろう。それに欠けている教師は、ある意味では犯罪的とも言えるのではないか。半藤はそういう教師を何人か見ているわけだが、心中では軽侮心《けいぶしん》を持ったことを否定していなかった。

同時にもう一つ付け加えておかなければならないのは、父親の存在である。半藤の話の中にはしばしば父親の漏らす言が含まれている。小さな事業を進める傍《かたわ》ら、他人の面倒を見ているうちに推されて東京・向島区の区議会議員になる。半藤にとっては父親は、たとえ戦時中でももっともバランスの取れた市民的感覚を持っている「大人」であった。戦争の行く末は日本の敗戦を想定していて、どのようにこの時代を生きるのがいいのか、きちんと見据えていたのである。半藤に聞かせる話は、大人が社会を見るときの知恵であり、本質でもあった。半藤は皇国少年として育ちつつ、一面で父親を通して自分の身を置いている社会の本質に触れていたのだ。

戦争に負けると、日本の男性はいずれも南洋のどこかの島に連れて行かれて奴隷にされると言われていた。半藤たちはこの世の見納めとばかりにタバコを吸ったり、大人の真似事をして憂《う》さを晴らす。そういうデマを聞いた父親は、馬鹿なことを言うな、日本の男性をどこの島に連れていくというのか、第一それほどの輸送船を誰がどうして都合するというのか、ごく当たり前の常識で判断すればわかることではないか、と説き、半藤は「それもそうだ」とあっさり応じてしまう。半藤は父親の持っている市民的感覚を畏敬《いけい》すべきと再判断している。この点が重要である。

そしてその教えを守り抜いたとも言えるのではないか、と私は思う。守り抜くというのは、父親が行動で示した教えを半藤は自分の人生に刻んでいる。それを守り、さらに発展すべき役割を日本は背負っているというべきであろう。

半藤が戦時下にあっても、この時代は少々異常なんだと自覚し得たのには、父親の言動に日本社会のありうべき姿を見たからだった。父親が漏らす言葉は、戦時下では表立って公にできない言であったが、しかしその意味は平時の人間観、社会観であった。半藤自身、そのことを述懐したことがあった。

「親父は私が十九歳のときに死んだんだが、死ぬ前にアイスクリームが食べたいと病床で言うんだね。当時戦後の混乱期で何もないときだけど、渋谷のある店で売っていることがわかったんだ。向島から渋谷まで行ったよ。とにかく買いに行って、冷凍できないから急ぎ足で病院に駆けつけて親父に食べさせた。喜んでくれた」

それは親父孝行だったと嬉しそうだった。父親とのこういう思い出を、私はいくつか聞いたのだが、半藤にとって父親の戦争を皮肉る寸言《すんげん》は心理の底に深く定着しているということが、私にはよく理解できた。軍人にはなるな、と密かに言われていたらしい。もっと世間を広く見ることだ、と語る父親の心情は、半藤に大きな影響を与えていたとも言えるであろう。半藤から、私の父親はどんな仕事だったのか、と聞かれたことがあった。

「旧制中学（今の高校）の数学教師だったんです」

と答えると、半藤は興味を持ってあれこれ聞いてきたが、私は、父親が戦時中に何をしていたかと問われるといつも「数学教師」と答えたのが、不思議な気がするともらすと、半藤はすぐに私の父親の心理を代弁してくれた。

「保阪の父親は数学教師に誇りを持っているんだろうけれど、それだけではないな。僕らのときもそうだったが、数学教師はあまりひどい皇国教育をしないで済んだんだ。間接的に私はあの時代にそういう教育をしなかったと言っているんだよ」

私は父親には確認しなかったが、母親に確かめると半藤と同じことを言った。私にとっても父親は、本来、平時社会の尊さを教えていたのかと思えてきた。私は半藤ほど親孝行ではなかったから、父親の心理を理解しなかった。

半藤の世代は、作家が数多く輩出している。昭和史に取り組んでいる澤地久枝《ひさえ》、児童作家の山中恒《ひさし》、いわゆる純文学作家の系譜に連なる黒井千次《せんじ》、野坂昭如《あきゆき》、高井有一など、他の世代よりははるかに多い。少年期に価値観の逆転を体験して、人間とはどのような存在なのか、個人と社会の関係などのテーマに関心が広がったように思う。この世代の持つ戦争体験は、前述の七つの体験の中の①戦場体験こそないものの、その他の体験には事欠かないと思われる。もっとも感性の鋭いときに、あまりにも平時とは異なる非日常に触れたが故《ゆえ》に、人生観はさまざまに揺れたということになるのであろう。

その作品を通して、彼らの世代は次代の者に対して多くのメッセージを発していると解釈できる。私は彼らのメッセージの中でもっとも重要なのはたった一言で語られると思う。その一言とは、「戦争の被害者とは戦場で戦って死んでゆく兵士だけではない。後方にいる少年たちの感性もまた被害者である」という点にある。このことを半藤の証言は教えている。特にこの章はそのことを執拗《しつよう》に教えているように思える。

半藤はその意味では次代のものにとっては、人生の教師であり、指導者であった。その一言には、この世代の悲喜が込められているだけに、私たちも心して耳を傾けなければならないのである。その含蓄の深さに敬意を表さなければならない。それを継ぐのが歴史の継承の前提と受け止めたい。

四、残しておけば、あとの人が、真実に近づくことができます

（ラジオ深夜便「昭和の語り部に聞く　わが青春」２０１３年10月27日）

四つの中学を渡り歩いた疎開生活

――今日は、「昭和の語り部に聞く　わが青春」ということで、半藤さんに青春時代のお話を中心に伺いたいと思っております。

半藤　あまりパッとしませんけどね。

――半藤さんは昭和五年（一九三〇年）のお生まれで、東京の向島で育ち、昭和二十年（一九四五年）三月十日の東京大空襲では大変な目に遭われたそうですね。

半藤　もうすぐ十五になる直前だったと思います。

――まさに九死に一生を得たようなご経験をなさって。

半藤　本当によく助かったと、自分では思いましたね。

――そのあと、お父様のふるさとである新潟県の長岡のほうに疎開されるのですね。

半藤　ええ、長岡の在（いなか）ですけれど、長岡からちょっと離れている小さな村でした。

――そこで八月十五日を迎えられた。

半藤　ええ、八月十五日は、まだ中学生ですから、勤労動員で長岡の工場に行っておりました。だから、長岡の工場で八月十五日の天皇陛下の放送は聞いたんです。いずれにしろ、新潟県の長岡で終戦を迎えたわけですね。

――ご家族は、そのあと東京のほうに戻られるのに、半藤さんはそのまま長岡に居続けるのですね。それはどうしてでしょう。

半藤　わたしは、中学は東京の第七中学校というところ、いまの墨田川高校に入ったんですが、空襲でやられて疎開をして、はじめは、母親の実家の茨城県に行ったんです。それで下妻中学というところに入りましたが、茨城県はまもなく、アメリカの戦闘機がものすごい勢いで暴れ回るようになってしまって、危なくてしょうがないんですね。さらに、アメリカ軍が上陸してきたら、九十九里浜が一番にもってこいだから、茨城県は最初に戦場になってしまうと。

それで、うちの父親が、「何も、人よりも先に死ぬことはないから、移ろう」と言うので、新潟県の長岡に移ろうとしたんですが、一家全部で行くわけですから、当時はそんな簡単に切符が買えない。それで途中、群馬県の富岡の在に叔母がいましたから、その叔母の家にいっぺん一家で転がり込みました。わたしは中学生ですから、学籍がなくなると駄目だということで、富岡中学へ入ったんです。

――東京から、まず下妻中学に転校して、下妻から今度は富岡中学に転校して。

半藤　はい、それから長岡中学に転校という、四つの中学を歩いたんですね。その間に「疎開、疎開」と言われていじめられたり、ポカポカ殴られたりしました。戦争中ですから、みんな、気が荒いですからね。長岡中学では殴られませんでしたけれども、ほかの中学では、東京からの疎開の中学生だというので、上級生がよく殴るんですね。

――でも、半藤さんは、すごく背が高くて、その頃もスッと大きかったのではないですか。

半藤　大きかったことは大きかったですね。だいたい生意気だったんでしょう。東京の下町生まれですから、「何、言ってやがんでえ」とか、すぐやるもんですから。

　それで、長岡に行ったときに戦争が終わって、一家はみんな戻っていったのですが、わたしは「もういっぺん転校するのはいいや」という思いが一つあったんですね。また転校して、知っている人間ばかりならいいけれど、また知らないやつのところに入るのは面倒くさいという思いがあった。

　それともう一つ、長岡中学校には、いまは有名になりましたけれど、「米百俵」というお話があるんです。長岡というところは、明治維新の戊辰戦争[*1]のときに、官軍に刃向かって幕府軍側として戦って、ものすごく勇戦力闘したところなんですね。そのために、戊辰戦争のときに焼け野原になって、長岡藩というのはいっぺん潰されてしまいます。

七万四千石あったのを、戊辰戦争が終わって明治になったときに、五万石取り上げられて、二万四千石の小さな藩になってしまったわけです。ということで、長岡の町そのものが非常に落ちぶれましたし、長岡の侍さんたちは、みんな、食うものがなくなっちゃって、非常にみんなが苦しんだんですね。

　そのときに、親戚の藩の三根山《みねやま》藩というところから、米百俵を送ってきたんです。その米は尊いもので、「これで腹一杯食える」と、みんなが喜んだ。そんなときに、当時の執政、長岡藩のあとを継いでいた総理大臣格の小林虎三郎[*2]という人が「その米を売ろう」と言いだした。「売った金で学校をつくろう」と。つまり、米百俵をみんなして分ければ、一人三合ぐらいだから、三合か四合の米だと、いいところ、一日か二日、ないしは三日で、もうなくなってしまう。それでは、せっかくの米百俵も無駄になると同じじゃないか。それより、これを売って、学校をつくって、それで人材を育てたほうがいいと。

　要するに、これからの長岡を何とか立て直すためには人材、人間が一番大事なんだから、優れた人間をつくるために学校をつくろうと言いだしましてね。すったもんだがありましたけれども、ようやく腹を減らした藩士たちも納得して、それでつくったのが長岡中学校（現在の県立長岡高校）なんです。

――そういう歴史の中でできあがってきた学校だから、子どもたちを育てようという気持ちが強いと。

半藤　長岡も空襲を受けましたから、焼け野原なんですね。その焼け野原からもういっぺん立ち上がるんだと、日本の国全体が、終戦のときはそういう思いでしたから。そのときに、立ち上がるために人間を育てるというのは、わたしも子ども心に非常に感銘を受けましてね。「そうだよな。これからの日本はしっかりとした人間を育てて、そういう人たちがこの国をつくり直していったほうが、この国はいい国になるよな」と、十五歳の中学三年生がそのように思ったんですね。

――自分が担い手になる世代だということですね。

半藤　いくらかはね、「敗戦国日本をもういっぺん廃墟から立ち上がらせて復興させるためには、俺たちの世代から頑張らないといけない」という思いはありましたから。

長岡中学校ができるときにそういういい手本があったというのを聞きまして、そんなにいい中学なら、この学校を卒業しようと、自分でそう思ったんですね。それで、父親も母親もみんな、昭和二十年の暮れには東京に行ったんですが、「俺はここに残って、この中学を卒業する」と言って、残ったんです。

――とても成績優秀で、一番だったとお聞きしましたが。

半藤　いやいや、一番ということはないですが。いまは長岡も、新潟県全体も、雪の対策をよくやっていますから、それほど雪で参っているということはないと思いますけれど、当時、終戦直後ぐらいの昭和二十、二十一、二十二年（一九四五〜四七年）頃の新潟長岡というのは、ものすごい豪雪なんです。ということは何かというと、表に出て自由に活動できないんですね、雪の季節になると。

ですから、十一月ぐらいからみぞれが降ったり、粉雪が降ったりして、間もなく根雪《ねゆき》と言って溶けない雪になって雪の原になるわけですが、そんな中でひっそりと。小さな村でしたから、友達もいないし、何もいないところで、ひっそりと毎日暮らしているんですね。毎日学校には行きますが、帰ってくれば、両親が頼んでいってくれたおばさんがご飯を食べさせてくれますが、とにかくすることがない。

――外を駆け回るわけにもいかない。

半藤　せいぜいラジオの放送を聞くぐらいで、当時はＮＨＫのラジオと、もう一つ、進駐軍放送という英語の放送がありましたが、そのどっちかを聞いているよりしょうがない時代ですから。

そうして何をするかというと、することがないですから、しょうがないので勉強しちゃったんです。することがないから勉強するというのはおかしいのですが、飽きもせずといいますか、とにかく勉強をしたら、成績がどんどん上がっちゃったんですよ。

――すごいですね。

半藤　自慢するわけじゃないですが、それほど優秀な生徒でなかったのに、何だか、どんどん成績が上がって、秀才組の仲間に入っちゃったんですね。そうなると欲も出てきますから、「よし、こうなったら全校一番になってやろうじゃないか」と、変な野心を起こしたりしまして。全校の模擬試験というのがありますね。いっぺんだけ、模擬試験で、四年生のときだと思いましたけれど、当時の五年生、一年上の生徒もたくさんいた中で全部を押さえて一番になったことがあるんですよ。それは一回だけですが。

――でも、それこそ、名門長岡中学校で上の学年も押さえて一番になるというのは、大変な秀才ではないですか。

半藤　自分でもおったまげたんですが、一番おったまげたのはうちの父親ですよ。東京に出て行ったんですが、ちょうど用があってこっちに来たんですね。長岡中学校の模擬試験の成績が壁にダーッと貼ってあるのを、なんで親父が学校に来たのか知りませんが、来て、見ていった。そうしたらわたしの名前が一番にあるじゃないですか。親父のやつがたまげちゃって、「これは何事が起きたのだ」と。

――お父様にしてみると、下妻にいると危ないからという判断をなさって、富岡、そして長岡と移られて、その長岡に残った半藤さんが立派に全校一番になったのが、うれしかったのでしょうね。

半藤　一人、おっ放していますから、ちょっとは心配していたと思います。ぐれているんじゃないかと心配したと思うのですが、ぐれようがないんですよ、雪の中に入っていて。

　信越線の来迎寺《らいごうじ》という駅がありまして、その駅から五キロぐらい離れた村に家があったんです。来迎寺から信越線で長岡まで汽車通学をするのですが、毎日、この五キロの道を来迎寺駅まで歩くわけです。

――五キロというと、皇居一周ですからね。

半藤　そのぐらい、朝と夕方、毎日歩いて。これもね、ぼんやり歩いていてもしょうがないから、本を読みながら歩いたり、何かものを記憶するために、口の中で繰り返し唱えながら歩いたりしたんですね。年中勉強しているわけではないんですけれど、間違って、と言ったらおかしいですが、間違って成績のいい生徒になっちゃったんです。

――そのあと、長岡中学を無事にご卒業なさったあとは、旧制浦和高校に進まれて。これも大変な名門ですよね。

半藤　ええ、浦和高校に入って、これは寮生活ですね。ところが、ちょうどそのときに学制改革[*3]が起きて、いわゆる六・三・三制という、いまの学制に切り替わるときで、昔の高等学校ですから三年間なのですが、それが途中で切り替わって、一年で高等学校がなくなっちゃったんです。ものすごく勉強して入ったのに、入ったら一年でなくなって、「もうお前たち、大学を受けろ」と言うのです。

――せっかく勉強して入ったのに、わずか一年で。

半藤　わずか一年で、また試験を受けるんですね。ですから、わたしたちの年代の人は、みんな、共通してあると思いますが、学制改革のためにやたらに勉強させられたんです。

――そのわずか一年でもう一回勉強し直して、今度は東大ですからね。それもまた大変な秀才ですね。

半藤　そんなことはない。それほどの秀才じゃないです。ただ、変な話ですが、うちは大金持ちじゃないですから、学費の安いところに行ったほうが親が喜ぶだろうなと、勝手に思ったところはありますね。東大は、いまはあまり安くないようですけれど、わたしの頃は本当に安かったですから。「じゃあ、東大を受けるか」と、浦和高校を受けるときから、それは思っていましたね。

——自分が勉強したいテーマみたいなものは、何か、その頃にぼんやりとしたイメージは持たれていたのですか。

半藤　あんまりなかったですね。とにかく、自分の置かれた境遇によって勉強する子どもになっちゃったので、上の学校も、学費が安いところに行ったほうがいいと自分で勝手に考えて、だから「高い学校は駄目だ」と。そうするとやっぱり、官立の学校は、あの当時安いですから。

ただ、官立の学校は受験科目が多いんですよ。いまもそうかどうか知りませんが、当時、ほかの私学の早稲田とか慶應にくらべて、官立の東大とか、浦和高校もそうでしたけれど、受験科目が多いんです。だから、やたらに勉強しないといけない。要するに、まわりの環境でやらざるを得なかっただけなんです。

——でも、それを見事にクリアして東京大学に入られて、勉強とは別にボートに出会うと。

半藤　浦和高校のときに、すでにボートを漕ぎだしたんですね。生まれが向島ですから、隅田川や、わたしたちの子どもの頃は荒川放水路と言いましたが、荒川に泳ぎに行ったり、釣りに行ったりした場所で、川というのは非常に馴染みだったんですね。

――それこそ、空襲のときも、その川に。

半藤　落ちているんですからね。そういうことで馴染みだった。隅田川は、当時はきれいでしたからね。隅田川に水練場があって、そこで泳いでいると、ボートの選手が漕いでいるわけですよ。それを「格好いいね」なんて言って。そういう思いがありましたから、浦和高校に入ったときに、ボート部があるというので入って、すでに漕ぎだしていたんです。

――それを東大に入っても引き続き。

半藤　ええ、そのまま引き続きボートを漕いだんですね。

――全日本選手権で優勝されたりして、大変な活躍だったそうですね。

半藤　そうですね。一応、真面目に。ですから、わたしは「東京大学を卒業したのですね」と聞かれると、「いいえ、隅田川大学です」とよく言うんです。隅田川のほとりに艇庫《ていこ》があって、その後ろに合宿所がありました。上に高速道路が走るのでいまはなくなりましたが、ほとんどその隅田川の艇庫の裏の合宿所で寝泊まりしていたんです。

――そこから学校に通われて。

半藤　そこから学校に通うんですね。ところが、困ったことに、向島から本郷のほうへ通うとなると、途中に浅草という、まことに都合の悪いものがあるんですね。本郷まで行かないうちに浅草で降りて、なんてことが多かったですが、それでも、一応、隅田川のほとりでは、丸二年、といっても冬の寒いときは抜きますけれども、気候のいい春から夏、秋にかけては、隅田川のそばで暮らしたんですね。

――その時期は、来る日も、来る日も、ボートを漕ぐという生活をされたと。

半藤　ボートは、午前中一回と、午後一回ですけれども、あとは、暇があると、それこそ浅草へ、というようなことをしておりました。

――その頃、浅草ではよく永井荷風《かふう》[*4]にもお会いになったとか。荷風に関してのご著書もたくさん（『荷風さんの昭和』ちくま文庫など）ありますね。

半藤　そうなんです。隅田川でボートを漕いでいる大学生の時代に、永井荷風の姿を浅草でよくみとめたんですね。いまで言うとスナックですが、当時は、飲み屋兼喫茶店ですか、そこに荷風先生が踊り子さんを連れて来ていたんです。荷風さんはあまり酒を飲まないのですが、踊り子さんを連れて、そこでエビフライなんかを食べていましたね。隣に座って、「これは永井荷風だな」と、すぐわかりましたね。

――外見から。

半藤　外見からすぐわかります。はじめ、一人でポツンと食べているのを見て、わたしは大学生ですから「永井先生」なんて言うのはおかしいから、「じいさん、うまいか」などと声をかけると、「うん」と返事をしてくれましたけれどね。

　でも、会話なんかはほとんど拒否していますから、そこへ踊り子さんが、「おまちどおさま」なんて言って来るわけです。そうして、永井荷風が踊り子さんと、実に楽しそうに話をしているのを、そばで聞くともなしに聞いていました。だいたい猥談《わいだん》でしたけどね。

――当時の、リアルタイムの浅草を知っていらっしゃるというのは、それまた大変な経験ですね。

半藤　ですから、隅田川の経験も、浅草の経験も、ほとんど隣ですから、似たようなものなんですね。そういう意味で、丸々四年ではないですが、三年近くは、わたしの青春としては、非常に楽しい時代でしたね。

――ボートでは、ヘルシンキオリンピック出場を目指していたそうですね。

半藤　そうなんですね。昭和二十三年（一九四八年）、戦後すぐのオリンピックはロンドンで、そのロンドン大会があったときは、日本とドイツは参加を拒否されたんです。つまり、国際オリンピック委員会からすれば、戦争のことを思い出すと、やはりドイツと日本には、まだわれわれの心の中に許せない思いがあると。たくさんの友達や、親も、子も死んだし、そういう思いがあるから、オリンピック出場は許さないというので、出られなかったんですね。

わたしがボートを漕ぎだしたときが昭和二十四年（一九四九年）ですから、次のオリンピックは昭和二十七年（一九五二年）のヘルシンキオリンピックで、その頃、わたしは大学三年生になるわけです。

――一番のピークですね。

半藤　ただ、高校や大学に入って練習しているときは、まだ参加を許されてはいなかったんです。昭和二十六年（一九五一年）の春に、ドイツと日本が、翌年夏におこなわれるヘルシンキオリンピックに出られるということがわかったわけですね。

やっとこれで、わが日本、敗戦国日本も、国際社会の仲間に入れるというので、戦後日本の青年としてはうれしかったと思います。それから、わたしたちは「よし、出てやろうじゃねえか」と意気込んで、かなり猛練習しましたね。

それで昭和二十六年九月に、日本の漕艇《そうてい》協会が全日本選手権をおこなって、その優勝クルーを出場選手にすると決めたんです。全日本選手権でとにかく優勝すれば、そのままオリンピックに行けるということがはっきりしましたから、「さあこうなれば」と。選抜チームをつくるのではなくて、その優勝クルーが、仲間が一緒に行けるというわけですからね。

あのとき、これはわたしたちのボートだけではなくて、ほかの競技もみんなそうだと思いますが、戦後の日本全体が本当に喜んだと思いますね。その思いで、当時の選手は、どこの学校も、どこのチームも、かなり猛練習したんです。

——半藤さんは東大チームで猛練習して。

半藤　猛練習です。いまでも忘れません、九月六日だと思いますが、全日本選手権がありまして、予選、準決勝と勝ち抜いて、最後の決勝は、わたしたちの学校と、慶應大学と一橋大学で、この決勝の優勝クルーがオリンピックに行くということになったんですね。

正直に言って、圧倒的にわたしたちのクルーが強かったんです。だから、「間違いなく俺たちが行く」と思って、そんなにうぬぼれて、のぼせたわけじゃないんですけれど、そうしましたら、慶應はいくらか玉砕《ぎょくさい》戦法、というとおかしいですがね。

——ボートの玉砕戦法というのはどういうものでしょうか。

半藤　ボートレースは二〇〇〇メートルで、ピッチ（一分間に漕ぐ回数）で、一分間に三十四回ぐらいのリズムで漕ぐのが普通のレースで、それ以上速いピッチのままで二〇〇〇メートルを漕ぐなんてあり得ないんです。ところが、慶應は一〇〇〇メートル以降にスパートをかけたまま、三十八か三十九回でそのまま漕ぎきったんです。

――すごいですね。

半藤　だから、負けるの覚悟ですよね。

――体力の限りを尽くして。

半藤　尽くしたんじゃないですか。わたしらは漕ぎながら、慶應が少し出ていったのが見えたんですが、どうせすぐにへばって、またピッチを下ろすに違いないから、そのときに抜き返せばいいと、悠然と三十四で漕いでいた。そうすると、慶應は下ろさないで、そのままズイズイと出ていくんですよ。

　それで、最後にあわてたということはないんですが、「これはちょっと話が違うぞ」ということで、わたしたちは、最後のスパート三十本、ラストスパート三十本を漕ぐところをピッチ四十二とか四十三ぐらいにして、ものすごい勢いでこちらは急追したんですよ。

――それもまた猛追ですね。

半藤　慶應も、上げられるだけ上げていましたよ、向こうも懸命で。それで、かなり抜かれていたのをぐんぐん追い詰めていって、あと五〇メートルあれば抜き返したと思いますが、その抜き返せる直前ぐらいでゴールですよ。

わたしたちは五〇センチぐらいで負けたと言っていますが、慶應に言わせると二メートルだと。「そんなことあるか」と、せいぜい五〇センチだと言っているんですが、あれは、もう少し早くこっちがスパートをかけていれば、抜き返せましたね。いまになると、そんな笑い話になりますけれど、惜しむらくは、ついにオリンピックの選手にはなれなかったんです。

――それは本当に残念でしたが、ボートの選手として活躍されたことが、大学を卒業して、文藝春秋にお入りになるときに関わったのではないですか。

半藤　文藝春秋は、当時、大きくなりつつある会社でしたね。それまでは、戦後ちょっと出遅れましたので、ほかの出版社よりも小さかったんですが、ぐんぐんと、ほかの出版社に並んで、追い抜きだした頃なんです。ですから、人間の数もかなり採るように、と言っても三人か四人ですけどね。

――すごくハードルが高いというか、狭き門ですね。

半藤　狭き門だったですね。それで、一人ぐらい、スポーツの選手を採るかという気になっていた頃らしいです。

――それはスポーツの取材をさせたいということだったのですか。

半藤　いや、そうではなくて、元気なやつを入れようじゃないかと。いままでは、文学青年みたいなやつばかり採っていたけれども、そうではなく、たまには体力のある、ガンガンやりそうなやつを入れようじゃないかと思っていたらしいですよ。

それで、一般の応募の中に入って、七百人受けました。七百人受けて三人ですから、えらい秀才なんですね。

――いまでも、出版社はすごい倍率ですけれど、大変なところをくぐり抜けて。

半藤　うーん、まあ、ですから、少しボートの選手というのは価値があったみたいですよ。

――それは、それだけ苦難を乗り越えるスタミナと、根気と、そういったものが評価されたんですね。

半藤　我慢強さなんかも評価されたんでしょうね。あんまり文学青年的な弱いところはないと思ったんじゃないですか。

原稿取りに飛び回った見習い期間

――そもそも、文藝春秋を受けたいというのは、ジャーナリズムですとか、雑誌づくりとか、何か志があって、つくりたいものがあって受けられたのですか。

半藤　本当は新聞記者になりたかったんです。ところが、お話ししましたとおり、前の年にオリンピックに行き損なって、心の中で残念でしょうがないので、「よし、もう一年」と、次の年、最終年度、四年生のときですが、「全日本選手権を獲って、優勝してやる」ということで、またボートを漕いだわけです。それで、めでたく、このときの相手は早稲田と慶應でしたが、二つをやっつけて優勝したんです。

　ところが、全日本の日が九月の何日かで、勝ったから喜んじゃって、東京大学は谷川岳の下に寮があるんですが、われわれクルー全員、そこへ行って一週間ぐらいお祝いをしていた。そうしましたら、就職試験というのがそのときすでに始まっていたんです。ぼんやりしていたわけじゃないんですけれど。

――新聞社を受け損なってしまったと。

半藤　受け損なったんですよ。朝日も、毎日も、願書を締めきって、残っているのが東京新聞だけなんで、あわてて東京新聞を受けて。そうしたら、文藝春秋も残っていたんですね。ほかの出版社、たとえば中央公論とか、新潮社とか、講談社というのは、当時、募集していなかったと思いますが、文春だけは募集していました。

結局、わたしが受けられるのは東京新聞と文藝春秋だけになって、とにかく、どっちかに入れればいいと。入れなかったら、もう一年、ボートを漕いでやろうとのんきに構えていたんですね。ところが、試験の日が同じ日なんです。御茶ノ水の駅を降りて、「どっちにしようかな」と、願書を両方持って迷っていたんですがね。

——そんな、ギリギリですか。

半藤　ええ、ギリギリまで、どっちにしようかと。同じ日の同じ時間で、東京新聞の試験場が中央大学、文藝春秋の試験場が東京大学なんです。御茶ノ水の駅を降りて、パッと見たら、中央大学が、当時、御茶ノ水のあの辺のどこかにあったんですが、どこにあるのかわからないんです。中央はわからなくて、東大はさすがにわかるということで、東大に行って、それで文藝春秋しか受けられなかったんですね。ですから、文藝春秋に落ちたら、またボートを漕いでいました。でも、受かったもんですから、文藝春秋にめでたく入っちゃったというわけです。

——それで、新人として晴れて文藝春秋に入社されて。最初の仕事はどういうところから。

半藤　これはね、すごい会社だと思いましたけどね。いま、お話ししましたとおり、文藝春秋は上り調子で、右肩上がりの頃だったので、人間の数が足りなかったんですね。会社から、「学生時代の残りなんて、どうせ、やることがないだろ」と電話があったんだと思います。「本当は四月から入社だけれども、三月から手伝いに来い」と言うので、しょうがない、受かった手前、三月一日から会社に、まだ社員ではないんですが。

それで、なんで呼んだのかと思ったら、原稿を取りに行く人の数が足りないんですね。ですから入って、四月になってからもそうでしたが、「おい、そこの新人、ここへ行ってくれ」と言われるので、あらゆるところへ、原稿を取りに行ったんです。

――いまのようにメールで送るとか、ＦＡＸで送るとか、ないですしね。

半藤　依頼してあるから、できあがっているはずだから、取りに行けばいいということで、会社へ行くと、毎日のように「ここへ行ってくれ」「あそこへ行ってくれ」と言われて。それこそ、漫画家だろうが、挿絵画家だろうが、もちろん、作家だろうが、評論家だろうが、大学の先生だろうが、ずいぶんたくさんの先生方のお宅に伺って、もう本当に、なんにも覚えていませんけれども、ただ、毎日走り回っていました。

――でも、それは大事な仕事で、もしそこで原稿を持ってこなかったら、穴が空いてしまうわけですよね。

半藤　かなり真剣に取りに行っていましたね。ですから、そういう意味では、早い話がアルバイトなんですが、ひと月の間にかなりそうやって方々に吹っ飛び歩いたので、出版社、雑誌社の仕事とはどういうものかというのはよくわかりましたね。あらゆる編集部の仕事を、「オール讀物」だろうが、漫画の本だろうが、いろんな本を、本当に手伝いましたからね。ある意味では、「いろは」を一か月の間に、仕事をしながら学んだと言いますか、とくに教えられたわけではないですけれども。

――新人教育のあり方としては、その会社が扱っているさまざまな媒体の現場で、原稿という最も大切なものに触れさせることによって覚えさせていくという。

半藤　そういうことだったんですね。ですから、会社にそのつもりがあったのかどうか知りませんけれども、いつのまにかどんどん覚えていきましたね。覚えざるを得ませんから覚えていくわけですが。

　ただ、言葉遣いについては、わたしは下町生まれで、言葉遣いが悪くて、敬語なんかあまり使えないもんですから、それだけはずいぶん注意されました。電話も、「はい、はい」なんて言うと、「おい、新人、お前、そんな言葉遣いは駄目だ」と言われて、ずいぶん直されましたけれども、そういう意味では、いい修練の時期でしたね。

坂口安吾から教わった歴史の見方

――新人編集者であった半藤さんが、その頃に出会った、いまでも忘れられない方に、坂口安吾[*5]さんがいらっしゃるのですね。

半藤　はい、安吾さんですね。三月から勤めるようになって一週間ぐらい経ったときで、まだ社員じゃない頃ですが、先輩が一人、「おい、酒の飲めるのはいるか」と言うから、わたしが手を上げて「はい」と言ったんです。「お前、強いか」「ものすごく強いです」と。実際は、ものすごく強いということもないんですが、「そうしたら、お前がいい。これからすぐに桐生へ行ってくれ」と。

「御用は何でしょうか」と聞くと、「あそこに坂口安吾がいる。もう原稿を頼んでいて、できているはずだから、桐生へ行って、もらって、すぐに帰ってきてくれ」と。「電車賃、持っているか」と言うから、「往復ぐらいならあります」と言って、東武電車で浅草から行ったわけです。

それで、桐生の安吾さんの家に行って、「ごめんください。文藝春秋から、原稿をいただきに来ました」と言ったら、安吾さんが出てきたんです、大きな人でね。「原稿？　そんなもん、頼まれていたかね」と言うので、わたしは、「もうできあがっているからもらってこいと言われて、いただきに上がったのですが」と言ったら、「そんなもん、一枚も書いてねえよ」と。「では、わたしは、どうしたらいいでしょうか」「どうしたらいいって、お前、できてないんだからしょうがないじゃないか」「いったん、帰らなければ駄目でしょうか」「まあ、帰ってもなあ、すぐできるわけじゃねえな」なんてやりとりをしていたら、奥さんが出てきて、「どこか、その辺に一日か二日泊まって。本人も思い出したようだから書くと思うから」と言うので、「大変失礼ですが、わたしはお金がないんです」と言ったんです。

――往復の電車賃しかお持ちになっていなかった。

半藤　「それじゃあ、うちに泊まっていらっしゃいよ」と言うので、「では、ご厄介《やっかい》になります」と、安吾さんの家に。この新人、厚かましいんですね。普通なら恐縮しちゃうんでしょうけど、上がっちゃったんです。

それで、安吾さんと酒を飲みだして、「お前、飲めるんだね」「飲めます」と言って、安吾さんの話を聞いて。翌日、「原稿はどうなっていますか」と尋ねると、「着々と進んでいる」と言う。「ああ、そうですか。今日は駄目でしょうか」「今日は駄目だな、明日だな」と。それでまた泊まって。結局、一週間泊まったんですよ。一週間、毎晩酒を飲んで、安吾さんの話を聞いているんですね。

――それはどういう話なのですか。

半藤　歴史の話でした。つまり、「日本の歴史というのは、こういうふうに見るものなんだ」という話なんですよ。古代から戦国時代までで、明治までは行きませんでした。たとえば、織田信長がいかに天下を取るために鉄砲をうまく利用したかと。いまは常識になっていますけれども、当時は、織田信長の鉄砲の三段撃ちなどとは、誰も言う人がありませんでしたから、それは、目が覚めるような話でしたね。

　それから、「大化の改新というのを習ったことがあるだろう」「習いました」と。「あれは、蘇我《そが》という横暴な一族が天下を荒らしているから、中大兄皇子《なかのおおえのおうじ》（天智天皇）と中臣《なかとみの》鎌足《かまたり》（藤原鎌足）の二人が、どうしても蘇我一族を倒さないといい政治はできないというのでこれを倒したということになっているだろう」「なっています」「それは嘘だ」と言う。「あれは、そうじゃなくて、あの時代、まだ古代というのは、天皇というものが確立していないから、支配者は蘇我氏だった。蘇我氏が支配していたところに、現在の天皇の先祖と言われる人たちが起こしたクーデターなんだ。それで天皇支配が確立し、その正当性を示すために『古事記』とか『日本書紀』をつくっているんだ」と。

「日本の古代史というと、『古事記』と『日本書紀』しかないと思ってお前たちは見ているが、そんなものを見ていたのでは、歴史の本当のことはわからない」という話なんです。その話を聞いたときは、本当にひっくり返りましたね。

――それまで常識と思ってきた歴史とまったく違う見方を、そこで教わったわけですね。

半藤　ええ、まったく違う見方ですね。むしろあれはクーデターだと。「だから『日本書紀』には、当時まで『国記』とか『天皇記』という大事な書物があったが焼かれたと書いてあるだろう」と。「それらは蘇我氏が支配者であったことを正当付けるための本だから、それを焼かないことには、天皇家が支配者になるための正当性がないじゃないか。だから、焼かれたんだ」と。「しかし、あれがどこからか出てこないとも限らないんだ」なんて話をするわけです。

――いまでこそ、半藤さんは「歴史探偵」を名乗っていらっしゃるけれど、新人のときに坂口安吾から歴史の見方を教えてもらったということですね。

半藤　そうなんです。つまり、歴史というのは、ここに一つの史料がある、だけど、失われた史料があるということに想像力を働かせて、「では、この間に何があったのか」ということを、ごく常識的に自分で考え抜いて埋めていくことで、現在残っている史料というのがどういう意味を持つかということがわかるのだと。これをきちっとやらないで、こっちの史料だけしか知らないから、歴史はこういうものだと思い込むのは間違いだと。だから、歴史というのは、裏にもう一つの史料が存在するのだが、それは必ず潰されているんだと。

――原稿取りに一週間かかったにしても、それは大変な教えを受けましたね。

半藤　それを毎晩やられたんですね。「これを俺は歴史探偵と言っている」と。わたしはいま「歴史探偵」と名乗っていますが、あれは安吾さんが先に言いだしたんです。そのとき、安吾さんといる一週間の間に、徹底的に歴史の見方を教わりましたので、それでわたしは自分で勝手に「歴史探偵」を名乗っているんです。

――結局、原稿は間に合ったのですか。

半藤　毎晩酒を飲んで、毎晩いい話を聞いていますが、原稿が一枚もできていない。それで、とうとう、わたしの母親がおったまげちゃったんですよ。会社へ行ったきり帰ってこない。出版社とか新聞社というのは、そういう忙しいことがあるということは心得ていたと思いますが、でも連絡なしで一週間は長いですよね。会社に電話をしたらしいんです。会社におそるおそる電話をしたら、出た人が、「ええ？　半藤なんて社員はいませんが」と言ったそうです、最初に。

――まだ、入社式の前ですよね。

半藤　まだ、入社前で、アルバイトだって一週間目ですからね。「でも、文藝春秋に入れていただいて、いま、お手伝いか何かで、三月から行っているはずなのですが」と言ったたら、誰かが、「あ、新人だよ、安吾のところに行っている」と、やっと会社も思い出してくれて。

そうして、会社から安吾さんの家に電話があったんです。「何をしているのか、お前は」と言うから、「いえ、原稿がまだできないので、もらえるまで頑張っているんです」と答えたら、「もらえるまで頑張ると言ったって、それは頑張ると違うだろう」と。それで、「なくたっていいから、すぐに帰ってこい」と。安吾さんに頼んでいる原稿は、「別冊文藝春秋」という雑誌でしたが、「もう締め切りは終わっちゃったから、いらねえんだ、それは」と言われて。

そこで安吾さんに、「こういうわけで、わたしは会社からすぐに帰ってこいと言われていますが、これから帰ってても遅くなるので、明日の朝、帰らせていただきます」と伝えて。もうひと晩ご厄介になって、翌朝、安吾さんは起きてこないから、奥さんと二人で朝飯をいただき、「これで失礼します」と言ったら、奥さんがニコニコしながら、「ゆうべ、ひと晩かかって半分できた。だから、持っていらっしゃい」と言って渡してくれたんです、原稿を。原稿用紙で二十枚できていたんです。

――素晴らしいですね。ちゃんと本来の目的を果たした。

半藤　一枚も持って帰らないのでは、どうなるかと思ったんですが、「おかげさまで、これでクビにならないで済みます」と半分もらって。「あとの半分はどうなのでしょう」と聞いたら、奥さんは向島の方で、だからわたしは仲良くなったのですが、「明日の夕方に、向島の家に用があって行くので、そのときに、浅草駅でお待ちしてお渡しします」と言うので、翌日また浅草まで行って、残りの半分をもらって、それでできあがったんです。

　入社して一週間目に坂口安吾さんにお会いして、安吾さんから一週間泊まり込んで話を聞かなければ、わたしは別のタイプの編集者になっていましたね。

――原点がそこにあったわけですね。

半藤　歴史というのはこんなにおもしろいんだというのを、安吾さんから教わりましたね。

年号を覚えたりするのは全然おもしろくないけれど、なるほど、裏にはものすごいドラマがあって、わたしたちが知らない真実が眠っているんだなというのがよくわかりましたね。それからすっかり歴史というものが好きになっちゃいまして、「歴史探偵」を名乗るようになったんですね。

歴史を勉強し続けた人生

——それから半藤さんは、伊藤正徳さんとの出会い（85〜87頁参照）などもあって、「歴史」というテーマでずっとやっていらっしゃったわけですが、そうは言っても、会社の中の一人として働くとき、異動ですとか、歴史に関われない部署に行かなければいけないこともあったと思います。半藤さんは、どうやってそのテーマを追いかけ続けたのですか。

半藤　土曜、日曜という、いいものがサラリーマンにはあるんです。変な話ですが、一つのことと言っても歴史は幅広いですけれども、やっていくとおもしろくなるんですよ。ですから、そういう意味で、土曜、日曜を使うのは、もったいなくはなかったですね。勝手に自分で、昭和史とか太平洋戦争の勉強のために使っていました。

——では、二十代は土日もなく二十四時間ですか。

半藤　二十四時間ということはないですし、そんなに立派じゃないですけれど。でも、土曜、日曜が何にもなくなってしまうことは、惜しくはありませんでしたね。むしろ、おもしろかったですね。

――それで、昭和三十八年（一九六三年）、のちに『日本のいちばん長い夏』や『日本のいちばん長い日』（文藝春秋、一九六五年に大宅壮一編として、一九九五年に半藤一利名義で「決定版」として刊行。のち文春文庫）という本のかたちになりますが、そのもとになる座談会を企画されました。

半藤　大座談会をやったんですね。

――映画にもなりましたし、本も、いろいろな言葉に翻訳されましたね。

半藤　なっていますね。いま思うと、あれもいいときにやりました。戦争当事者の人たちが、かろうじて生き残っているギリギリ。あれから三、四年経つと、大事な方がかなり亡くなるので、一番いいときにやったと思います。

　別にそれを見越していたわけではないですが、戦争当事者の話を聞きに歩いていると、偉い人でも、自分の部署のことは知っているけれど、ほかの部署のことはあまり知らないということがありまして、「あ、そうなのか」と。

あれは終戦のときの話を座談会でやったのですが、終戦、つまり、どうやって日本の国が戦争をやめることができたかということを、案外、皆さん、知らないので、それぞれの部署の人たちを一緒くたに集めたら、たぶん、大きなドラマができるのじゃないかと思ったんですね。

ちょうどあのとき「文藝春秋」の編集部にいましたから、「文藝春秋」で大座談会をやろうと持ち出したんです。座談会というのは、普通は三人か四人が限度です。それ以上集めると、私語が始まったり、ゴチャゴチャになったりして駄目になる。だから、「二十数名も集めるなんていう座談会はムチャだ」と言われたんですが、「大丈夫だと思う。なんとなれば、みんな、知らないから聞くと思う」と。

駄目だったらしょうがないじゃないかと、無理矢理やったんです。それで集まっていただいて始めたら、ある人が話すと、みんな、黙って聞いていましたよ。なぜならば、自分も知らないからですよね。たとえば、当時、ソ連大使であった佐藤尚武《なおたけ》*6さんが、ソ連がどういうふうに出るかという話をしゃべっていると、ほかの人はみんな知らないから、聞いているんです。「そうだよ、ああいう激動期というのは、それぞれがその立場でもって無我夢中になっているから、お互いに連携なんかしている暇がないから、それを総合すると、ものすごいドラマになるんだ」と気づきました。

――ようやく、そのときに全体が見えた。

半藤　見えたというところがあります。だから、そういう意味では、思いきってやってよかったと思いましたね。

――座談会がおこなわれたのは昭和三十八年ですが、いま、わたしたちがあの戦争のことを学ぶときもテキストになっています。世代を超えて、戦争を知らない世代が、何があったのかということを学ぶための大変に貴重な史料になっていくということですね。

半藤　そうですね、とにかく残しておけば。もちろん、あとの人が、訂正することはあると思います。皆さん、必ずしも本当のことを言っていないかもしれませんから、訂正することがあるでしょう。でも、残っていないとどうしようもないですが、残っていれば、より真実に近づくことができるんですね。そういう意味では、残すということは非常に大事なことなんです。

　よく、最近言われますね、語り継ぐのは大事だと。それはやっぱり、語り継がないと消えちゃうからです。残しておけば、あとの人が必ずそれを参考にして、もっと深く、もっと真実に近づくことができるかもしれません。

現代の話もそうなんですね。現代もわたしたちはいろんな事件にぶつかっていますけれど、あらゆるものをかたちにして残しておいたほうがいいと思います。

――そうして、四十代の半藤さんは、編集者として現場に出る立場から、だんだん、人を束ねていく立場になりますが、その頃の半藤さんは、どんな思いでいらしたのでしょうか。

半藤　わたしは四十代になってから編集長、つまり管理職になっちゃうんです。

――「文藝春秋」の編集長ですか。

半藤　いや、最初は「漫画読本」とか、そういう小さい雑誌の編集長から、「文藝春秋」「週刊文春」という大きい雑誌の編集長になるんですが、四十代になったときは、すでに編集長だと思います。結局、編集長というのは、人を使う立場で、自分がスットコスットコ歩くわけじゃないんです。

――自分が取材に出るというよりは、デスクワークになりますね。

半藤　出づらくなりますね。ですから、何にもしないでいると書く腕が落ちるのではないかと。「書く」というのは、小説家の方、物書きの方、みんな言うと思いますが、書けなくてもいいから机に向かって、原稿用紙一枚でも、二枚でも、何字でもいいから書かないと駄目だと。それは、わたしにもあったんですね。

三十八か三十九歳ぐらいまで本を出したりしているんですが、管理職になったからといってふんぞり返って、「お前やってこい」とやって、自分は何もしないというのはね。新聞記者とか雑誌記者とかは自分で動かないと本当は駄目ですよね。だから、自分で動けないから、自分で動くために、自分で勝手に書いたんです。何と言うのでしょうかね、ボートレースで言えば、試合には出ないけれども、練習は毎日やったほうがいいと。

　これはおもしろいもので、ボートレースもそうなんですよ。毎日漕いでいると、からだがへばりますから、フライといって一日休みの日をつくるんです。一日休むと、もとの力に戻すために一日かかる。だから、二日休めば、もとの力に戻すためには二日も三日もかかるんです。そういうことがわたしの経験上ありましたので、物書きもそうだと思いましたから、休むと、もとに戻るのにものすごく時間がかかるんじゃないかと。

――でも、誰にも見せないのにコツコツ書くのはしんどいですね。

半藤　しんどいですね。だいたい、誰にも見せない、仕事じゃないのに自分だけ、勝手にコツコツ書いているというのは、よほど素《す》っ頓狂《とんきょう》でなければ、なかなか続かない話なんです。でも、そこはやっぱり、わたしもいくらか変わり者かなと思うのはそこなんですが、誰も見なくても、誰にも見せるつもりがなくても、とにかく練習のためにやっていればいいんだと思うから、書いていましたね。また例によって、日曜日はときどき取材に行って、太平洋戦争と昭和史の続きをやっていました。

――ライフワークになったテーマは手放さない。

半藤　手放さないでやっていましたね。書くと言っても、取材原稿として自分で残しておくのではなく、自分で発表できるもの、皆さんに読んでもらってもいいようなものを書く練習をしなければいけないというので、かなりそれを意識しながら、あてもなかったんですが、コツコツ書いていましたね。

――それは、いまは立場上、すぐにかたちになるわけではないけれど、いずれかたちにして出すときが来るだろうという思いでいらしたというわけですか。

半藤　そうですね、いずれ管理職を辞めて、会社を辞めることもあるでしょうけれど、そのときには、これと、これと、これは書きたいと思うものがあったわけです。昭和を本当に理解するためには、大正、明治というものも理解しないといけないと。これを理解しないと歴史はわからないとわかっていましたから。

　そこで、大正、明治というものを理解するためには、「そうだ、夏目漱石[*7]がいる」と思いついて。夏目漱石は明治三十八年（一九〇五年）に小説家になって、大正五年（一九一六年）に死ぬんです。つまり、日露戦争というものが始まっているときに小説家になって、日露戦争が終わって、日本の国が何だかおかしくなってきているときに死ぬんですが、この間に夏目漱石がいると。漱石は、この間の日本をどう見ているんだろうというふうに頭の中で思ったんですね。

――それで漱石研究なのですね。

半藤　そうなんです。わたしは、漱石を研究するつもりはなかったんですが、要するに、日露戦争のあと大正にかけての日本を知るために一番いいのは誰かと思ったら「漱石がいる」と。石川啄木《たくぼく》*8やら、北一輝《きたいっき》*9やら、いろんな人がいるんですけれども、その中で、とりあえず漱石だと、うちのカミさんの縁もあるんですが。

――そうですね、奥さまの末利子さんは、漱石から見るとお孫さんですね。

半藤　そうですね。そばに漱石の長女の筆子さんという方、カミさんの母親ですが、一緒に住んでいるわけですね。

――半藤さんにしてみると、義理のお母さんですね。

半藤　そうですね。義理の母親がそばに住んでいるわけですから、たとえば、「弟子の芥川龍之介*10って、どんな人だったと思いますか」と聞くと、「気取り屋でね」とかなんとか言ってました。

――生の声が聞こえてくるわけですね。

半藤　聞こえてくるわけです。そういう話を聞いているから、これは漱石がいいというので、漱石をコツコツやりだしたんですね。読みながら、おもしろいものをメモに取っていったんですよ。別に文芸評論を書くつもりはありませんから、明治という時代を漱石がどう見ているか、対象をどう見ているかというだけのメモを取っていった。そうしたら、けっこうそのメモがたまったというとおかしいですが。

――それが『漱石先生ぞな、もし』（文藝春秋、一九九二年、のち文春文庫）というご本になったと。

半藤　それがいつのまにか『漱石先生ぞな、もし』になったんですね。別に漱石研究家じゃないですよ。ただ歴史の一部分の、ある歴史を生きた人間としての夏目漱石がいただけなんです。

――自分が興味を持っているテーマに対して、いとわず時間を使っていく、そのことがいまの半藤さんを半藤さんたらしめたのだろうと思います。一方で、たとえば、末利子さんは、自分の夫である半藤さんが二十四時間ずっと仕事ばかりではないですか。何かおっしゃっていましたか。

半藤　それはまあ、とにかく気の毒だと思いましたね。日曜日だって、「今日はちょっとあの人に会うから」なんて、出て行っちゃうわけですから。お母さんと一緒に住んでいましたから、お母さんと二人で仲良くやっていただろうと、わたしは勝手に思っていますが、心の中では、ものすごく恨んでいたんじゃないですかね。

――でも、末利子さんも六十代になられてからですか、どんどん、漱石に関してのご本をお出しになっていますが、それは、半藤さんが編集者役を務められたんですか。

半藤　いえいえ、わたしとは全然関係なしです。物書きというのは、夫婦で物書きになっている人も何人かいますけれども、お互いに干渉しない、つまり、お互いの書いたものをあまり読んだりしないんじゃないですか。たぶん、どの夫婦もそうだと思いますよ。わたしなんかの場合も、わたしの本をうちの家内が読んでいるのを見たことがない。

――それは、半藤さんがいらっしゃらないところでお読みになっているのでしょうけれどね。

半藤　陰で読んでいるかどうか知りませんが、とにかく、「あそこは間違っているわよ」とか、あんまり聞いたことがありませんね。わたしも彼女のものは、いまも書いていますから、自分で出来がよくないと思うときなんかに、「ちょっとこれ、読んでくれない？」と読ませられることがありますけれど、ほとんど干渉しないんですよ。

　彼女は、自分のお母さん、筆子さんの介護を七年間ぐらい、自宅で。表に出たりできないで、お母さんの病気を看《み》ていましたから。お母さんが亡くなって、急に自分の中に何かボンと燃えるものがあったんでしょうね。

――表現したいと。

半藤　ええ、情熱が。自分の人生を取り戻したいというのがあったのかもしれませんよね。長いこと介護で時間を全部取られていましたから、何かあったと思います。突然、六十を過ぎてから勉強を始めて、カルチャーセンターに行って、エッセイの勉強をしてきたんですよ。それで、突然、書きだしたんです。

　その代わり、大変ですよ。彼女の言い分もありますよね。「わたしだって、原稿依頼が来るからやらなきゃならない」と。「あなたは、原稿を書くだけで偉そうな顔をしているが、わたしはこの上に、あなたのおさんどんをしなくちゃいけない」と。

――家のこともね。お年のことを言うのもなんですが、半藤さんは八十三歳でいらして、奥さまは五歳下で。

半藤　七十八ですか。

――お二人で暮らしていらして、お二人とも物を書くことをして、締め切りを抱えながら、でも、家のことはすべて末利子さんがおやりになって。

半藤　はい。「たまに、皿ぐらい洗ったらどうだ」と言われるけれど、これは本当に申し訳ないんですが、昭和生まれのこの年の人間は、「男子厨房《ちゅうぼう》に入るべからず」というものすごい教育を受けていますので、本当に申し訳ないぐらいお手伝いしませんね。

――今日、お話を伺っていても、半藤さんは、本当にお元気でいらっしゃると思ったのですが、その元気の秘密は、そうやって奥さまと二人、物を書き続けている、表現し続けるということが大きく関わっているのかもしれないですね。

半藤　どうなんでしょうかね。「要するに半藤さんというのは、何もないけれど書くのが好きなんだね」と言う人がいますね。言われてみるとそうかもしれないと。たいして素晴らしいことを書いているとは自分では思っていませんから。ただ、書くのはそんなに嫌いじゃないんですね。

本当はもっと調べるのが好きなんですよ。調べるというのが一番好きですね。物を調べるのは相変わらずやっていますね。

——青春時代のお話も伺いながら、やっぱり勉強を忘れてはいけないということを教えていただく時間でした。

半藤　そんなに強調した覚えはないんですけれど、飽きずに勉強を、一つのこと、何でもいいからやるということは、簡単に言えば、十年一つのことを研究なされば、たぶん、日本では専門家の一人になれるんじゃないですか。年を取ってからだって、できないことはないんですよ。

人間はね、目移りするんです。これをやっていても無意味じゃないかと思ったりするんですよ。でも、そんなことはないですね。必ず、一つのことをやっていると、ある一つのことができあがると、枝葉ができる、必ず広がるんです。あっちもこっちも手を出しては駄目ですけれど、一つのことをやっていれば、おのずから外側の話もどんどん出てきますから、いつのまにかすごいものが自分のまわりにできるものなんですね。

＊1　**戊辰戦争**　明治新政府と旧幕府・諸藩との戦争。一八六八（明治元）年の干支「戊辰（ぼしん・つちのえたつ）」をとった呼称。一月三日の鳥羽伏見の戦いに始まり翌年五月の五稜郭の戦いで旧幕府側が降伏し終了。長岡藩は奥羽越列藩同盟に加わり旧幕府側で参戦し敗北。

＊2　**小林虎三郎**（一八二八〜七七）　幕末維新期の長岡藩士・教育者・政治家。五〇年に藩命により江戸遊学、佐久間象山に学ぶ。戊辰戦争では奥羽越列藩同盟参加に反対し非戦論を主張。六九年に長岡藩大参事となり、長岡の復興と教育振興に尽くした。

＊3　**学制改革**　一九四六年のアメリカ教育使節団の勧告により、翌四七年三月三十一日に学校教育法が公布された。この法律により戦前の複雑な複線型学校体系は、六・三・三・四制（小学校六年・中学校三年・高校三年・大学四年）の単線型学校体系に変わった。

＊4　**永井荷風**（一八七九〜一九五九）　明治・大正・昭和期の作家。一九〇三〜〇八年にアメリカ・フランスに遊学、帰国後の『あめりか物語』で文名を上げ、一〇年に慶應大学教授に迎えられるが、この頃から江戸趣味を強め、花柳界や娼婦の世界を描いて才筆を発揮した。

＊5　**坂口安吾**（一九〇六〜五五）　昭和期の作家。四六年『堕落論』『白痴』を発表し、太宰治らとならぶ無頼派の代表とみなされる。文明批評・歴史小説など多彩な分野で活躍。

＊6　**佐藤尚武**（一八八二〜一九七一）　大正・昭和期の外交官・政治家。一九〇五年に外務省に入り、三七年に林銑十郎内閣の外務大臣、四二年から敗戦まで駐ソ大使。国家・国民存続のため、連合国側条件を早く受け入れて講和するよう訴えた、モスクワからの四千字を超える四五年七月二十日の外務大臣宛電文は有名。戦後は参議院議員。

＊7　**夏目漱石**（一八六七〜一九一六）　明治・大正期の作家、森鷗外と並ぶ文豪。イギリス留学（一九〇〇〜〇三）ののち東大の教壇に立つ。高浜虚子の勧めで「ホトトギス」に『吾輩は猫である』などを発表して文名を上げ、〇七年に朝日新聞社に入社後は創作に専念。

＊8　**石川啄木**（一八八六～一九一二）　明治期の詩人・歌人。一九〇五年に処女詩集『あこがれ』で前途を嘱望されるが、生活のため故郷・渋民村の代用教員、北海道流浪を経て〇九年に朝日新聞社の校正係として定職を得る。一〇年処女歌集『一握の砂』により生活歌人の地位を築くが、一二年に貧窮のうちに死去。

＊9　**北一輝**（一八八三～一九三七）　大正・昭和期の思想家。一九二三年に天皇大権の発動によるクーデターと国家改造を説く『日本改造法案大綱』を刊行。三六年の二・二六事件には直接関与しなかったが、軍法会議で死刑判決を受けた。

＊10　**芥川龍之介**（一八九二～一九二七）　大正期の作家。一九一三年に東京大学の英文科に入学。翌年に久米正雄らと「新思潮」を創刊し『羅生門』（一五）『鼻』（一六）などを発表。一六年、漱石は『鼻』を激賞して芥川の文壇進出に道を開いた。

「半藤昭和史」を見る(4)

――歴史とは、国民が懸命に生きた姿である

保阪正康

自らの人生を切り拓く、ということはどういうことか。この章ではほぼ半藤の前半生が語られているのだが、半藤には自らの人生を自分の力で切り拓いてきたとの自負があることがわかる。むろん何から何まで自分の力でというわけではないが、人生の節目には自分の持つ能力や体力、さらには総合的な人間力のような可能性を信じていたということになるのだろう。

よく言われることだが、文筆家には「本人の能力」「たゆまぬ努力」「人との出会い」の三条件が必要だという。能力や努力は自身の運命を切り拓く武器になると言えるわけだが、「人との出会い」は計算や打算では決して長続きしない。しかしその出会いが本人の運命を定めるか否かは、そのときはわからないにしても、結果的に運命

を補佐してくれる人物であったことは、人生の軌跡を振り返れば思い当たる。半藤は、坂口安吾、伊藤正徳によって昭和史探求の道に入っていく。もともと文章を書くのは好きだった。能力、努力は持ち合わせていたということにもなる。

文藝春秋の編集者になることで、文筆家に必要な三条件は身につけたわけだが、半藤が作家として自立していくのは文藝春秋を引いてからと言ってよい。その理由は、在社中は原稿を書くよりも行政職にエネルギーを使わざるを得なかったからである。

この章で半藤は坂口安吾から、歴史のオモテやウラを見ることの大切さや面白さを徹底して教えられたと話している。半藤は国文科の卒業生だから、歴史については特に詳しいわけではなかった。しかも戦前のいささか神がかった国史を教えられたわけだから、そういう教育には倦《う》いていた節がある。それが坂口によって目を開かれたのである。歴史というのはもっと面白いものなのに、戦前の日本は面白くなくしていたんだ、だから君らは歴史とはいかに面白いか、それをもう一度理解して大いに興味を持つ人を増やしたらどうか、とも言われたようであった。編集者の心構えを諭されたと言っていいであろう。

実は半藤を中心に五、六人の仲間で、「歴史探偵団」というグループがあり、私もその仲間の一人である。月に一度集まって雑談、放談の会を開くのである。そこでは雑談を交わしているうちに、いつのまにか歴史談義になってしまい、誰もが刺激を受けることになる。それが楽しみなのである。たぶん半藤はそういう席で、坂口安吾や伊藤正徳らから教わった口伝を後輩たちに伝えようとしていたのではないか、と私には思えた。そこに半藤の神経の細やかさを見ることができた。

昭和史への半藤の関心は、海軍に関する著作の多い伊藤正徳からの影響が大きい。伊藤は半藤を取材記者として使ったが、その代わりに大きな財産を半藤に与えている。どういうことか。軍人の取材のポイントを的確に教えているのである。このポイントを私なりに整理してみると以下のようになる。

①取材対象者が事実を語っているか否かを見極める目。
②そのことを語るにふさわしい適格者か否かの判断。
③取材対象者の作話に反論できる知識力と判断力。

とにかくこちらも勉強しなければ馬鹿にされる、嘘を信じ込まされる、人間的な信頼関係は結べない、ということを理解したわけだが、ベテラン記者の伊藤は半藤に後継者としての接し方を心掛けていたのではないか。良き師を持つことはまさに財産であり、人生の最大の贈り物だったとも言えるのではないだろうか。歴史の継承者になるということは、学びの姿勢を持って知識を積み重ねる以外にはないということだ。

半藤は前述の歴史探偵団のメンバー（新聞記者、編集者などもいる）には、伊藤から教えられた心構えを伝えてくれた。半藤の歴史探求の奥底には、坂口や伊藤の表情が伺えることがあり、そのたびに私は歴史を重層化してみることを心掛けるようになっていく自分を感じた。特に半藤は、「真理は細部に宿る」という言い方を好んだ。事実と真実はそれこそ大きく違うのだが、半藤の言をさらに詳細に見ていくならば、私は、「真実とは常に正面に大きく聳《そび》え立っているわけではない。むしろ目立たぬところに何気なく存在している」と理解が出来た。

半藤のいう細部に宿っているという言い方を、あえてこの章から探し出すならば、夏目漱石を語っている部分がわかりやすいように思う。大正、明治を仔細に理解するためには誰の生き方を丁寧に見ていけばいいだろうか、と考える。そうすると明治三十八年（一九〇五年）に小説家になった夏目漱石は、大正五年（一九一六年）に亡くなっていることに気がつく。日露戦争のさなかに小説家になり、日露戦争が終わって日本がいささか増上慢《ぞうじょうまん》になっていくときに死んでいる。夏目漱石はこの間の日本をどう見たのだろうか。そこにこういう時代の真実があるのではないかと指摘している。つまり半藤は明治、大正の真実を「漱石の目」で確認しよう、そこにこそ真理、真実があるのだ、という境地に達するのである。

むろん、「漱石の目」が細部というわけではないが、一個人として見れば細部にたとえてもおかしくはない。半藤のいう真理は一個人の目という細部でこそわかると言っているのである。

真理や真実は細部に宿る、という意味は、私なりにさらに吟味してみると、真理とか真実とは何かを正確に摑まなければならないことだと気がつく。歴史探偵を自負していた半藤は、事実をまず正確、かつ誠実に摑まなければならないのが前提であるとよく語っていた。事実を超えて真実あり、という言葉が、私には浮かんでくる。つまり史実を徹底して調べることは、真実を探る前提であるという意味でもある。

これは半藤との対談などで、私自身がたどり着いた結論でもあるのだが、事実とは小学生の夏休みの日記などがそうである。朝七時に起きてすぐに神社の境内に行ってラジオ体操をした、山田くんも来ていた、終わって家に帰ってお母さんの作った朝ごはんを食べた――というその日のことを書いていく。それこそ事実の集積である。だがそれは真実ではない。真実とは何か。例えば作家の永井荷風の日記（『断腸亭日乗』）などを思い出せばいい。荷風の日記に、「本日特記すべきことなし」と書かれていれば、ああこの日はいつもと同じような生活（朝食を食べ、原稿を書き、また食事をして、昼寝をして、原稿を書き、という作家としての日常）を送ったことがわかる。この日の真実は、まさに他の仕事をする日々と同じようであった点に凝縮されている。

事実と真実を見極める能力はどのようにして身につくのか。半藤はそのことを明確な言葉で語っているわけではない。しかし、真理は細部に宿る、という語に匹敵するような言い方でも語っている。この章の末尾ということになるのだが、勉強を続けなさい、飽きずに勉強を続けると世界が見えてくる、と力説している。勉強というと学業のことと思われがちだが、そうではない、自分の関心ある事象を徹底して追いかけてみなさい、というのである。本文から引用するならば、「十年一つのことを研究なされば、たぶん、日本では専門家の一人になれるんじゃないですか。（中略）一つのことをやっていると、ある一つのことができあがると、枝葉ができる。必ず広がるんです」という言である。
一つの形を作ると必ず広がりができ、それ自体がまた新たな形を作っていく。半藤は自らのそういう体験を通して社会的、学問的、さらには人間的な広がりとその深さを実感として摑んでいる。それを次代の者に伝えている。半藤の昭和史探求、そして日本の近現代史の誤謬《ごびゅう》も全て自身で摑んでいるからこそ、それは価値を持つものだと言っていいように思う。その価値をどのように選択して語り伝えていくかというのが私たちの役目ではないかと、私は考えている。

半藤昭和史は、ある特異性を持っている。明治や大正の歴史を半藤風に書いてある書は確かに少ない。というよりほとんどないと言ってもいいだろう。世相史や社会時評史などはないわけではない。柳田国男、生方敏郎《うぶかたとしろう》などにはそういうタイトルをつけた自作集がないとは言えない。しかし半藤書の特徴は、広範囲の人に取材している、その証言の真贋《しんがん》を明確に見抜いている、位人臣《くらいじんしん》をきわめた人の証言も押さえている、必ず歴史上の疑問点も問いただしている、そして何よりどのような人に対しても礼節を尽くしている、そういう折り目の正しさを文章の中に反映している。その優しさが半藤の真骨頂でもある。

むろん歴史上で不誠実な態度を取り、真実に近づくのを妨害するような動きや人物に関しては、自らの書の中でも一定の手続きを踏まえて批判に類する疑問点は提示している。そのようなルールを自分なりに明確に保っているのは、やはり尊敬に値すると言える。同時にこの点が魅力であるように思う。

最後に触れておかなければならないことだが、私は半藤とそれこそ二百回近くも対談、座談、シンポジウムなどで対話をしてきた。そこで感じた半藤史観を一言で言うならば、「歴史の前に誠実であれ」との教えである。どういう意味か。歴史は英雄、豪傑が作るのではない。一人の天才が作るのでもない。資本家や労働者が作るのでもない。ごく普通の国民が汗水を垂らして作るのだ。懸命に生きてきた姿、それが歴史である。誤りもあれば、錯誤もある。理《り》非《ひ》曲《きょく》直《ちょく》の時代もある。そうした先達の生きた姿の中に、私たちが汲み取る教訓がある。

半藤史観は国民史観である。私はその継承役の一人になるとの覚悟を固めている。半藤が残した歴史探偵団は、私が団長となって続いていくことになった。半藤精神を歴史に刻むことが後進の義務とも自覚している。

五、歴史を自分で学んでいくことを
積極的にやってください

（マイあさラジオ「米寿から10代へのメッセージ」２０１８年8月11日）

――半藤さんは、今年（二〇一八年）の五月二十一日に八十八歳になりましたね。

半藤　はい、そうです。

――米寿を迎えられたということですが、お元気そうですね。

半藤　ええ、元気のようですね。

――今回は、半藤さんのお書きになった『15歳の東京大空襲』を読んだことがきっかけでインタビューさせていただいていますが、この本は、どういう思いで出版されたのですか。

半藤　これは、出版社が、「半藤さんは、よくお酒の席で東京大空襲の話をするけれども、きちんと書いたのは一冊もない。だから、いっぺんだけでいいから、ちゃんと書いてくれませんか」というので、年寄り向けでなくて若い人向けに東京大空襲の話をいまのうちに書いておこうというので書いたんですね。

――本を出されて、十代の少年少女たちの反応はいかがでしたか。

半藤　かなりありました。「本当にこんなことがあったんですか」という反応が多かったですね。

――本の中身をご紹介したいと思います。昭和二十年（一九四五年）の三月当時、半藤さんのお宅はどこにありましたか。

半藤　いまの墨田区です。昔の向島区ですね。

――どんな家族構成で、どんな暮らしをされていたのですか。

半藤　実は、母と、わたしの妹、弟がいるのですが、そのときは、母の実家の茨城県に全部疎開しているんです。したがって、東京で暮らしていたのは、わたしと父親と二人だけです。

――そういう中で大空襲に遭ったということですね。

半藤　母とか妹たちがいると、これはもっと大変だったと思いますけれど、いなかったですから。自分の身一つで逃げればよかったというかたちになりますね。

――一番のクライマックスが、第五章「三月十日と焼死者＝昭和二十年(2)」という章で、この日のくだりがあります。〈その夜、いつものように父の大音声がわたくしを目覚めさせました。／「坊ッ、起きろ、空襲警報だ」〉とお父さんが言ったのですね。

半藤　そうそう。それで、布団《ふとん》をはぎました。三月ですから、まだ寒かったんです。真夜中の十二時ちょっと前ぐらいでしたか、はい。

――〈わたくしは外へ出てみて驚きました。もう南の方が真っ赤に燃え上がっているのです〉。お父さんがこう言ったのですね。〈「これは大事《おおごと》だ。今夜は危ないぞ」〉

半藤　ええ、いつもは遠いところだったんですけれど、この晩だけは、起きて外に出てみたら、南の深川のほうが、もう真っ赤なんですよ。そこにＢ29が次から次へと焼夷弾を落としているんですね。非常に低く飛んでいましたから、Ｂ29がよく見えたんです。

――それで、半藤少年は逃げ惑っているうちに、途中で男の人が声をかけたのですね。

〈「おーい、そこへ行く中学生よ、背中に火がついているよ」〉

半藤　カチカチ山のタヌキじゃないですが、チャンチャンコを着ていたんですね。そこへ、もう火が、あっという間に火がついたんです。それで見たら、本当に燃えている。持っていたものを全部捨てて、チャンチャンコを脱いで、そこへ捨てて。おかげで、助かったんですね。

――それでずっと逃げて、平井橋の真ん中ぐらいまで走っていって、橋の真ん中で立ち往生したということですね。

半藤　向こう側が燃えているんですね。つまり、四方が燃えている、でも、どっちに逃げていいかわからないので立ち往生したんです。

――そうしたら、対岸から何隻もの船が近づいてきて、〈「乗っていいですか」「さあ、乗れ、乗れ」〉と。

半藤　そこまでは非常によかったんですね。

――それで、その船に乗って。

半藤　ええ。船は、逃げるために出したんじゃなくて、たくさん飛び込む人がいるから、それを救うために出してくれたんです。だから、わたしも真似して救っていたんですね。二人ぐらい救ったと思いましたね。それで、三人目の人に手を出したら、手のひらへつかまってくれればいいのに、肩につかまったんです。そうしたら、十四歳の中学生で軽いですから、コロッと自分も落っこちちゃったんです。

――いったん船に乗ったけれども、川の中の人に引っ張られて、川の中に落っこちたと。

半藤　落っこちたんです。それで、川の中、これがすごかったです。たくさんの人が、もうひしめき合っていましたから。

――〈意識朦朧《もうろう》となり、半ば溺死《できし》の状態〉になったけれども、また別の人にグッと襟首を引っ張り上げてもらったと。

半藤　長靴を履いていたんですが、その長靴が、水がいっぱいになって脱げたんです。両足とも。それがユラユラユラユラと落ちていくのが見えたので、「あ、こっちが川の底で、こっちは水面だ」と思って、あわてて顔をポンと出したら、そこにちょうどまた船がいたんです。そこの男の人が、わたしの首をつかんで、「ヨイショ」と上げてくれたんですね。

――そうした体験を、いまの若い人たちに、改めてどういうふうに伝えたいと思っていらっしゃいますか。

半藤　そうですね。要するに、戦争というのは非常に悲惨なものであり、残酷なものであると。自分はけっして人を殺さないなんて思っていても、もう、自分が助かりたい一心で、わたしも人をはねのけた覚えがあります。そんなことを考えると、本当に非人間的なものである。だから、「戦争というものは、本当に人間がやってはならない一番最大の悪だよ」ということを繰り返して言いたいと思いますね。

　こういう言い方をすると失礼ですが、いまの日本の人たち、若者だけじゃないですが、あんまり歴史を知らないんですね。歴史を学校できちんと習っていないということで、日本の歴史を知らない、近代日本史をほとんど知らない。これは、国家の将来を考えると、わたしは非常にいけないというか、危険なことだと思います。わたしたち日本人とは何かというのは、歴史の中に全部出ていますから、それをきちっと学んでいくことが大事だと思うんです。

　戦争というのは、けっして天から降ってくるものでも何でもないです。人間たちの判断が、間違った判断を一つすると、また次の判断を、また間違った判断をする、その積み重ねが戦争のような非人間的なことに到達していってしまう。だから、やはり、歴史を知らないと、教えてもらわないからわからないというのは、これからの若い人たちのつくっていく日本の明日のためには非常によくない話だと思いますので、ぜひ、歴史を自分で学んでいくということを積極的にやってもらいたいと思いますね。明日の日本は、いまの若い人たちがつくるわけですから、それが大事なことだと思います。

――ありがとうございました。

半藤　とんでもございません、ありがとうございました。

関連年表

西暦	主な出来事	半藤一利関連	年齢
一九三〇		5月21日、東京向島に生まれる	0歳
一九三一	満州事変		1歳
一九三六	二・二六事件		6歳
一九三七		第三吾嬬小学校に入学（1年後に大畑小学校に移る）	7歳
一九四一	太平洋戦争開戦		11歳
一九四三		都立第七中学校に進学	13歳
一九四五	終戦	東京大空襲に遭遇。茨城県の下妻、その後、新潟県の長岡に移り、長岡中学校に転入	15歳
一九四六	第22回衆議院議員総選挙	長岡に残って勉学に打ち込む	16歳
一九四八	極東国際軍事裁判判決	旧制浦和高校に入学	18歳
一九四九	下山・三鷹・松川事件	東京大学に入学	19歳

一九五二		所属した漕艇部で全日本選手権優勝	22歳
一九五三		大学を卒業し、文藝春秋に入社。坂口安吾に歴史の見方を学ぶ	23歳
一九五六	国連加盟	異動した出版部で、伊藤正徳の担当になる	26歳
一九六二	キューバ危機	「文藝春秋」編集部に戻る	32歳
一九六三	部分的核実験停止条約	「文藝春秋」誌上で28人による大座談会を企画	33歳
一九六五		『日本のいちばん長い日』を執筆し、大宅壮一編で刊行	35歳
一九七〇	日本(大阪)万博開催	この前後より「漫画読本」「週刊文春」「文藝春秋」の編集長を歴任	40歳
一九七八	日中平和友好条約	明治史を書く構想を練り、夏目漱石に熱を入れる	48歳
一九八四		取締役に就任	54歳
一九八九	昭和天皇崩御、平成はじまる		59歳
一九九一	湾岸戦争		61歳

一九九二		『漱石先生ぞな、もし』刊行、新田次郎文学賞受賞	62歳
一九九四		文藝春秋を退社し、本格的に作家となる	64歳
一九九八		『ノモンハンの夏』刊行、山本七平賞受賞	68歳
二〇〇四	自衛隊イラク派遣	『昭和史 1926-1945』刊行	74歳
二〇〇六		『昭和史 戦後篇』刊行、毎日出版文化賞特別賞受賞	76歳
二〇一一	東日本大震災		81歳
二〇一五	安全保障関連法成立	菊池寛賞受賞	85歳
二〇一六	熊本地震	『B面昭和史』刊行	86歳
二〇一八	米朝首脳会談	『世界史のなかの昭和史』刊行	88歳
二〇一九	令和はじまる	初の自伝『のこす言葉　橋をつくる人』刊行	89歳
二〇二一		1月12日、自宅にて永眠	90歳

おわりに――半藤史観は平和へのメッセージ

晩年の半藤一利さんと対話しているときに、何度か、「保阪はまだ若いからな」とよく言われました。私は七十代後半になり八十代に入ったときにも、そう言われました。確かに半藤さんよりは十歳ほど年齢は下になりますが、私に若いなどというのは、半藤さんだけでした。初めはまだ青臭い論を振り回していると言いたかったのかなと思い、いささか気にしていたのですが、ある時に酒席で次のように言われたのです。

「七十代だろうが、八十代だろうが、自分の関心のあるテーマや事象にぶつかっていくときには、その人は若いんだよ」

ならば半藤さんもまだ若い、ということですね、と念を押すと「そうだよ」と言われました。その席には、五十代の編集者もいたのですが、このやりとりを聞いていて、なるほどと感心してのちに編集会議でも紹介したというのです。「若年寄りになるなよ」と檄を飛ばしたというのです。

半藤さんは、自分でも「僕は下町育ちだからね」とよく言っていましたが、興が乗るとしばしばべらんめい口調になります。そういう時の半藤さんの話は、大体がホロリとくる人情話が多かったのです。意外に思われるかもしれませんが、半藤さんの下町の人情話は、話術家の如く巧みでした。聞いているうちにわかるのですが、半藤さんは庶民の表情を実によく見て育ったんだなと感じることがあります。平たく言えば、人間の素顔が好きなのです。

それが半藤さんの歴史観の根底に根を下ろしています。そこに気づいたときに私は、半藤さんが読者に信頼されていたのは、どんなときにも権力者を単純に擁護していないことに理由があることも知りました。

半藤さんの昭和史、それに日本近現代史のテーマは、「日本人の長所と短所を見極め、長所を伸ばし、短所を克服する」という点にあったのです。結局、太平洋戦争に至るまでの日本の軌跡は、短所が多く表出しています。それを克服していく道筋も半藤さんは、必ず著作の中で明らかにしています。日本を誹《そし》るのではなく、あり得べき本来の姿に戻そうと考えていたと、私は理解しているのです。

こういう言い方は半藤さんは嫌うかとも思いますが、半藤さんほどこの国の文化、歴史、伝統に造詣《ぞうけい》が深く、かつそれを評価している人を私は知りません。そういう半藤さんの姿勢は私たちに多くの語り継ぐべき実像を示唆《しさ》していると思います。

毎年八月一日から三十一日までは、朝起きると必ず布団の上に正座して、昭和天皇の終戦詔勅の一節（「戦陣に死し職域に殉《じゅん》じ、非命《ひめい》に斃《たお》れたる者、及びその遺族に思いを致せば、五内《ごだい》為《ため》に裂く」）を口にして、そして一分間の黙禱《もくとう》を続けていました。これは昭和史の中で戦火に倒れた庶民への追悼《ついとう》であり、平和を願った人たちへのメッセージなのです。半藤史観はこうして実際に行動を伴っていることに、私は強い畏敬の念を持っていました。本書がそういう半藤さんの思いが伝わるように、と私は念じています。

本書刊行のきっかけを作り、こうして編むに至ったのは編集部の加藤剛さんの努力の賜物です。放送テープで不足している部分を「解説」として書かせていただきました。本書をお読みになった人びとと半藤史観を後世に伝える役割を担いたいと思います。

二〇二一年十二月

保阪正康

【放送記録】

・ラジオ深夜便 新春インタビュー「戦後60年の日本人によせて」
2005年1月1日（NHKラジオ第1）　聞き手 村田昭

・ラジオ深夜便 こころの時代「特集･100年インタビュー　戦争体験と昭和史研究」
2009年8月27日、28日（NHKラジオ第1）　聞き手 渡邊あゆみ

・ラジオ深夜便 インタビュースペシャル「戦争とわたし」
2010年8月12日、13日（NHKラジオ第1）　聞き手 石澤典夫

・ラジオ深夜便 オトナの生き方「昭和の語り部に聞く　わが青春」
2013年10月27日（NHKラジオ第1）　聞き手 柴田祐規子

・マイあさラジオ インタビュー 明日の人「米寿から10代へのメッセージ」
2018年8月11日（NHKラジオ第1）　聞き手 村島章恵

編集協力　湯沢寿久
北崎隆雄
校閲　髙松完子
DTP　山田孝之

半藤一利 はんどう・かずとし

1930年、東京生まれ。作家。
文藝春秋に入社し、「週刊文春」「文藝春秋」などの編集長を歴任。
著書に『昭和史 1926-1945』『昭和史 戦後篇』
『日本のいちばん長い日』『ノモンハンの夏』など、
共著に『太平洋戦争への道 1931-1941』など。
2021年1月逝去。

保阪正康 ほさか・まさやす

1939年、北海道生まれ。ノンフィクション作家。
「昭和史を語り継ぐ会」主宰。
著書に『昭和陸軍の研究』『あの戦争は何だったのか』
『昭和の怪物 七つの謎』『陰謀の日本近現代史』など、
共著に『太平洋戦争への道 1931-1941』など。

NHK出版新書 668

日本人の宿題
歴史探偵、平和を謳う

2022年1月10日　第1刷発行

著者　半藤一利　保阪正康［解説］

発行者　土井成紀

発行所　NHK出版
〒150-8081 東京都渋谷区宇田川町41-1
電話 (0570) 009-321(問い合わせ) (0570) 000-321(注文)
https://www.nhk-book.co.jp (ホームページ)
振替 00110-1-49701

ブックデザイン　albireo

印刷　新藤慶昌堂・近代美術

製本　藤田製本

Printed in Japan ISBN978-4-14-088668-7 C0295

NHK出版新書好評既刊

ポスト・ヒューマニズム
テクノロジー時代の哲学入門
岡本裕一朗
なぜいま、哲学で「人間」が問題となるのか。「思弁的実在論」「加速主義」「新実在論」など、21世紀現代哲学を、具体的論点を踏まえて明瞭に解説！
664

小林秀雄の「人生」論
浜崎洋介
稀代の知性が一貫して追求した「日本人が真に幸福に生きるための心構え」とは？あの難解な文章が読めるようになる、小林秀雄・超入門講義！
665

商業美術家の逆襲
もうひとつの日本美術史
山下裕二
従来の日本美術史の枠をはみ出した破格の商業美術家の作品をカラーで多数収載。浮世絵からマンガまで、知られざる「美の系譜」を明らかにする！
666

日本人の宿題
歴史探偵、平和を謳う
半藤一利
保阪正康［解説］
「昭和史の語り部」として慕われた半藤一利さん。没後一年、NHKラジオ番組での「語り」をもとに再構成した日本人への「遺言」。保阪正康の解説付き。
668

「旧制第一中学」の面目
全国47高校を秘蔵データで読む
小林哲夫
「地元最強ブランド」の根拠は何か。なぜステータスを維持する学校と失う学校があるのか。明治から令和までの逸話が満載、教育関係者も必読！
669